ハヤカワ文庫SF

〈SF2332〉

火星へ

〔下〕

メアリ・ロビネット・コワル

酒井昭伸訳

早川書房

8686

THE FATED SKY

by

Mary Robinette Kowal

Translated by
Akinobu Sakai
First published 2021 in Japan by
HAYAKAWA PUBLISHING, INC.
This book is published in Japan by
arrangement with
ROBIN'S ROOST, INC.
c/o THE GERNERT COMPANY, NEW YORK,
through TUTTLE-MORI AGENCY, INC., TOKYO.

火星へ〔下〕

登場人物

エルマ・ヨーク……………………〈ニーニャ〉クルー。航計士《ナヴコンプ》

ステットスン・パーカー…………同。第一次火星探険隊隊長

エステバン・テラサス……………同。副パイロット。スペイン出身

フローレンス・グレイ……………同。情報通信担当。航計士

レナード・フラナリー……………同。地質学者

ハファエウ・アヴェリーノ………同。エンジニア。ブラジル出身

カーミラ・シャモウン……………同。医師。アルジェリア出身

デリク・ベンコスキー……………〈ピンタ〉クルー。船長兼パイロット

ファンデルビルト・デビエル……同。パイロット。南ア共和国出身

ハイディ・フーゲリ………………同。航計士。スイス出身

ドーン・サバドス…………………同。情報通信担当

ルビー・ドナルドスン……………同。医師

ナサニエル・ヨーク………………エルマの夫。国際航空宇宙機構（IAC）統括エンジニア

18

アナウンサー　〈ア《A》メリカン・ブ《B》ロードキャスティング・カ《C》ンパニー〉がお送りする一九六二年十一月二十八日の『ヘッドライン・ニュース《エディション》』、アンカーのテイラー・グラントがお伝えします。

グラント　第一次火星探険隊で悲劇が発生しました。ミシガン州グランドヘイヴン出身のルビー・ドナルドスン中尉が死亡したのです。ドナルドスン中尉は宇宙船〈ピンタ〉に乗り組む船医で、汚染された食料から感染症にかかり、病死したとのことです。彼女の犠牲を悼み、世界じゅうで半旗がかかげられました。

　頭を包むヘルメットの中、自分の息づかいが大きく聞こえている。このヘルメットは火星用硬殻《ハードシェル》型宇宙服《スーツ》の一部をなすものだ。船外活動《EVA》用の完全装備タイプではなく、最初のロケット打ち上げのときに着ていたのと同じで、たんなる与圧服でしかない。が、グラヴにいたるまで硬質のため、働き蜂《ビジービー》の操縦桿を操作する手が動かしにくくてこまる。となりにはカーミラが、やはり火星スーツを着てすわっていた。わたしたちふたりは、定義しだいでは同じ空間を共有しているといえるが、同じ空気を呼吸してはいない。

　ドッキング・ハッチは〈ピンタ〉の側面にある。それをビューファインダーの中心にとらえ、ゆっくりと働き蜂を近づけていく。こんな状況だというのに、わたしの一部は単独ドッキングを許されたことに興奮していた。ばかげた感情ではある。とはいえ、働き蜂の艇首が〈ピンタ〉の船体に接触し、自動クランプでがっちりと固定された瞬間、カーミラに向けたわたしの顔には誇らしさが浮かんでいたにちがいない。見ると、カーミラは早くもストラップをはずしかけていた。

　わたしはスーツ間通信機のスイッチを入れた。

「ストラップをはずす前に、働き蜂の状態確認をしないと」

「それ、わたしの手がいる？」

「いらないけど、でも――」

「だったら先行するわ。空気が七時間分しかないんだから」

それだけいうと、カーミラは宙に浮かびあがり、座席を越えて後方にただよっていった。

「せめて確実にドッキングできているかどうかは確認させて」

逆推進スラスターのチェックリストはまだ六つも残っている。

「差圧計の表示は三三八ミリバールよ」カーミラは接舷ハッチの前に浮かんでいた。

「カーミラ」こんな性急なまねをしてはならないことは、本人も重々承知しているはずだ。性急さというのは、宇宙では死を招くもっとも確実な方法なのである。「チェックリストどおりにやりましょう。〝急がばゆっくり〟よ」

「まったくもう。パーカーみたいな口ぶりね」

カーミラは言い返したものの、とりあえずは速度を落とし、各種表示装置に目を走らせ、外の状況を舷窓《げんそう》から目視確認した。

「パーカーとはね、ロケットをアルミ箔で作った当時、いっしょに宇宙に出た間柄なの」

アルミ箔のロケットというのは、発射整備塔に爆弾男が侵入したときの話である。ここでわたしは、周波数を母船との通信専用に切り替えた。「〈ニーニャ〉、こちら働き蜂1《ビジービー・ワン》。ドッキング完了。全システム異常なし」

「ハッチを開放する前には、確実に目視確認を行なえ」パーカーの指示を聞いて、カーミラはわたしをふりかえり、苦笑した。パーカーは先をつづけた。「急がばゆっくりだ」

パーカーならきっと、ここでこの定型句をいうだろうと思っていたが、案の定だった。

「了解。カーミラがいま目視確認中」

「道理をわきまえた者がひとりはいてくれたか。喜ばしいことだ」

わたしは歯噛みした。マイクがこの音を拾ってくれていればいいが。

「働き蜂の安全を確保しだい、〈ピンタ〉に移乗する」

「酸素が七時間分しかないことに留意するように」

どうしてみんな、わかりきったことばかりいうのだろう。

「了解。経過時間と計器に注意しておくわ」

「その七時間には、こちらへ帰還して消毒する時間も含まれることを忘れるな」

わたしは大仰にためいきをついた。これははっきりと聞こえたにちがいない。

「了解。カーミラに改めて消毒時間のことを伝えておくわ。働き蜂1、以上」

わたしが働き蜂の接舷状態を確認しおえた時点で、カーミラは医療キットを固定場所からはずし、ハッチを開放していた。ハッチの外では、〈ピンタ〉のエアロックが外扉《がいひ》を開き、わたしたちを待っていた。金属壁で囲まれた立方体の空間内でぽつんと灯るのは、″上″を示すライトだ。奥側の内扉《ないひ》にある丸窓からは、その向こうに走る芯廊《スピンドル》の光が漏れている。

宇宙時代初期において、ハッチは船の内側からしか開くことができなかった。ところが、ある訓練で船内クルーが行動不能に陥り、船外活動《EVA》の宇宙飛行士が〝死亡〟する事件が起きて以来、その方針は改められた。あとから顧みれば、なぜそんなにも変な構造にしていたのだろうと不思議に思えてしまう。IACがすぐれているのはこういう点だ。ありとあらゆる事態を想定した訓練を施すことで、本番では致命的事故に発展しかねない状況を洗いだし、事前に改善点を見いだせるのだから。

わたしはカーミラが用意してきたもうひとつの医療キットを固定場所から取り、それを手にカーミラのあとを追ってエアロックに入った。エアロックと働き蜂は接続したままだ。内扉をあけられるのは、エアポンプが働いて〈ピンタ〉と働き蜂内の気圧が一致するのをたしかめてからとなる。

いまはとてもエアロック・ゲームなどしていい状況には思えない。だが、ゲームをしていれば待ち時間はさほど長く感じずにすむ。それに、ほかにするべきことがあるとも思えなかった。〈ニーニャ〉ではここでの行動をしっかり詰めてきた。いまさらおさらいなどすれば、ますますパーカーのようだと思われてしまう。

とはいえ、ことこの点では、パーカーはまちがっていない。わたしは咳ばらいをした。

「まずはエクササイズ・モジュールね？」

「ええ。ルビーの話では、クルーを集めて寝かせてあるのはあのモジュールだから」カーミラはそこで気圧表示をふりかえった。「毎度毎度、いちいち気圧調整するのがもどかしくてしかたないわ」

やはりここはエアロック・ゲームの出番のようだ。

「じゃあ、ことばあそび《マイム》でもする？」

カーミラはわたしの意図を察して鼻を鳴らした。

「韻《ライム》を踏んで？」

「悪いこと《クライム》じゃないでしょ」

「範例《パラダイム》が悪いわよ」

わたしは下唇をかんだ。〝パラダイム〟とはうまい切り返しだ。

「……韻《ライム》を踏むのが高尚《サブライム》と思う向きもあるわね」

ヘルメットの中でカーミラがうなずいた。

「かと思えば――あ、やっとだわ！」差圧計が安全ゾーンを示し、カーミラは内扉に手を伸ばした。「時《タイム》きたれりよ！」

これには笑ってしまった。カーミラはレールの一本でからだを支え、内扉を押し開いた。

医療キット二箱を引いて空中をただよい、戸口をくぐって〈ピンタ〉のスピンドルに入る。現在地は船の後方から四分の一のあたりだ。

長く白いトンネルは、照明がすべて灯されていて、目にまぶしいほどだった。なんとなく、こちらの通路は灰色で薄暗そうなイメージを持っていたが、電気系統は完璧に動作しているようだ。わたしはスピンドルの前方側を見やり、遠心力リングへの昇降シャフトが口をあける一角を見て……思わず息を呑んだ。そこには茶色い液体の球が――わたしの頭ほどもある球体が――空気の流れに乗ってゆっくりと回転していたのである。

スピンドルの先にはもうすこし小さな球体もぷかぷかと浮かんでいた。その気になって目をこらしてみると、付近の空中には何十もの小球が散らばっていた。

「たいへんだわ。必要なのは掃除機《フーバー》ね、ドクターではなく」

「両方よ」カーミラは医療キットを目の前に押しだし、スピンドルを前方へ泳ぎはじめた。「とにかく、わたしはエクササイズ・モジュールへいかなきゃ。あれを掃除できそう？」

たかが詰まったトイレくらいで大騒ぎしていたわたしは、いったいなんだったのだろう。

火星の苛酷な環境から身を護るために設計されたスーツを着こんでいても、洗剤で手をごしごし洗いたい気持ちが抑えきれない。じっさい、スピンドルの清掃をおえたあとで、スーツのグラヴを消毒したほどである。七時間のうち、〈ピンタ〉船内で作業に費やせる時間が五時間として、その半分以上を清掃に費やしてしまったわけだ。しかも、まだクルーの生活区画にたどりついてすらいない。睡眠室はゼロG区画にある。そこが悪夢のような状態になっていることはまちがいなかった。クルー全員をエクササイズ・モジュールに移動させたのはルビーの英断だ。重力のある区画でなら、汚物を外に漏れないようにしておきやすいからである。

梯子をすべりおり、遠心力リングの床に降り立つと、足音を響かせてエクササイズ・モジュールに向かった。火星スーツは、完全装備のEVA用スーツほど重量級ではないが、それなりにごつくて重いため、どうしても足音が響いてしまう。途中、トイレに立ち寄り、グラヴをはめた手をしっかり洗った。そのさい、壁の一面にひとすじ、茶色い筋がこびりついているのに気づいてぎょっとした。だれかが洗浄しようとした形跡があるが、汚れを広げるだけの結果におわっていた。

すぐさま〈ニーニャ〉に取って返したい、ありったけの漂白剤をどこかに溜めて、スーツごとその中に浸かりたいという衝動をおぼえた。だが、そうするかわりに手を洗い、補給品のキャビネットをあけ、クレゾール石鹸《せっけん》液の〈ライソール〉を取りだした。ボトルには〝宇宙計画の誇り高きスポンサー〟というシールが貼ってあった。それを使って汚れを落とすのに要した時間は三〇秒——もしかすると、一分だったかもしれない。

奇妙なことに、回転する球状汚物の集団よりも、落とそうとして落とせなかったこの汚れのほうがずっと〝病〟を感じさせた。球体については、封じこめた場所からなにかの拍子に漏れただけとも考えられる。しかし……しかし、この汚れの筋が示唆しているのは、汚れを落とさねばならないと知りつつ、すっかり体力が消耗したいずれかの宇宙飛行士が、清掃途中で力つきたということだからだ。

わたしはもういちどグラヴを洗浄し、念のため〈ライソール〉をふりかけた。

そこでようやく、エクササイズ・モジュールに向かった。

カーミラはベンコスキーのそばにひざをつき、濡れタオルで額をぬぐっていた。わたしはなんとなく、カーミラが病人を救いたいとの英雄的な気持ちをつのらせるあまり、動きにくい火星スーツを脱いで看病にあたっているのではないかという気がしていたのだが、さすがにそんなことはなかった。人が宇宙服を着て看病する姿は、隕石落下以来、人類がどれほど遠くまできてしまったかを実感させた。いや、わかってはいる——宇宙に出るだけで充分遠くまできたと思う人もいるだろう。じっさい、地球周辺の宇宙に出ることは、すでにもうルーティーンと化している。そういった文脈における火星スーツは、いかにも新奇な、銀色の強化ポリエステル・フィルム《マイラー》と白いチューブ、クロームとスティールとプラスティックの塊で、あたかも『フラッシュ・ゴードン』や『バック・ロジャーズ』の世界から抜け出てきたかに見える。

「わたしはなにをすればいい？」

「デビエルに点滴を。わたしにはさわらせようともしないから」そういって、カーミラはこちらに顔を向けた。ヘルメットごしに見えるその顔は——火星スーツ自体もこの場では違和感があるが——肌の色が茶色であることを実感させた。もちろん、カーミラがアラブ人であることを忘れていたわけではない。忘れていたのは、デビエルがカーミラのアラブ人という側面しか見ようとしないということだ。カーミラはヘルメットを動かし、医療キットの場所を指し示した。「点滴のやりかたは知っているわね？」

「理屈なら。でも、訓練でやったことはないの」わたしはベンチプレス・マシンの上に置いてある医療キットに歩みより、その前にひざをついた。「あなたにさわらせようとしないですって？　あの男、正気？」

「譫妄《せんもう》状態ではあるけれど」カーミラはどすどすと足音を響かせてそばにやってきた。

「正気ね、あれは」

「最低《スライム》。ああ、いまのはもちろん、韻《ライム》を踏んだだけよ」

「〝こんな思いをするたびに、一〇セント貨《ダイム》を一枚もらえたら〟といっておくわ」カーミラはキットを開き、自分で詰めた生理食塩水のパックをひとつ取りだした。「こうなると、皮下点滴でやってもらうしかないわね。そのごついグラヴをはめた手で静脈を探りあてられるなら別だけど」

「グラヴのあるなし以前に、そもそも点滴をしたことがなくって」興味深いことに、〝点滴をしなければならない〟と思うだけで心臓がばくばくいっているのに、パーカーにイディッシュ語をきかれたときほど激しくは高鳴っていなかった。脳というものはときどき、まったく不可解な働きをする。カーミラから点滴用具一式を受けとるとき、わたしの手はすこしも震えていなかった。「横からやりかたを教えてもらえる？」

カーミラは肩をすくめ、にっこり笑った。

「静脈に点滴するのでなければ、基本的にはどこに針を刺してもオーケーよ。ただ、手は神経が集まっているから、ほかよりも痛いの。アルコール綿で消毒したら、乾いたことを確認してから針を刺さないと、すごく痛むわ。針といっしょにアルコールが血中に入ってしまうからよ。燃えるような感覚ね。パーカーじゃないけど、〝これは要注意点だぞ〟」

もっとも、そう注意したにもかかわらず、やはり心配なのだろう、カーミラはわたしのあとについて、デビエルのところまできてくれた。デビエルはレスリング・マットの上で身を丸め、しみだらけの毛布にすっぽりくるまっていた。見えている生身の部分は、黄変した紙を思わせるかさついた顔と、ひびわれた唇だけだ。

わたしがそばにひざをつくと、デビエルは目をあけた。青い虹彩のまわりでは白目が血走っている。目の縁には目やにもこびりついていた。デビエルは舌で唇を湿らせて、「ヨーク」といった。

そこで咳きこみ、目を閉じる。呼吸できているかどうかをたしかめるため、わたしはロケット打ち上げ時にしか見せない集中力で真剣に胸の動きを注視した。どうにか起伏してはいるようだ。

強烈な嫌悪感をいだくいっぽうで、死なないでほしいという思いもあった。そんな気持ちを同時にいだけるのだから、人間というのは不思議なものだ。火星スーツ内で再循環された空気を大きく吸ってから、わたしは毛布をずらし、デビエルの両腕を露出させた。デビエルがふたたび目を開き、毛布をつかんだ。

わたしは点滴針を取りだした。が、グラヴのせいで、いまにも取り落としそうになった。へたをすると自分のスーツの柔らかい部分に刺さるところだった。

デビエルが荒い息をしながら、アフリカーンス語でなにかをいった。

なんといったのかはわからない。が、カーミラをにらんでいるところからして、おおかたの見当はつく。この男、譫妄状態にあるのではない。たんなる人種差別主義のクズだ。

わたしはいった。

「デビエルの上にすわって、押さえつけてもいいかしら？」

「暴れられたら面倒よ。フェイスプレートを割られでもしたらたいへん。それより……」

カーミラはわたしから顔を離し、周囲に目をやって、「いいものがあるわ」

「いいもの？」

からだをひねり、カーミラの視線をたどる。そのさい、エクササイズ・モジュールでぐったりしているみんなのようすが目に入った。デビエル以外、毛布はきれいなものに交換されていて、すくなくともスポンジでからだを拭われた形跡がある。そして全員が点滴を受けていた。

「ここにはウェイトリフトの器具が山ほどあるでしょう？」カーミラはそういって、一〇キロのダンベルを二本、手にとった。「当人は弱っていて、仔猫も同然。そして輸液の水分補給を必要としているわ」

「からだも拭いてやらなきゃ」

「これでもだめなら、手荒い処置を施すしかないわね」

わたしはカーミラの意図を察して立ちあがった。毛布の上からたっぷりと重しを載せれば身動きを封じられるはずだ。

「こっちのほうが穏便そう」

ダンベルだと、暴れられた場合、転がってしまいそうなので、バーベル用のプレートをつかんだ。このグラヴでしっかりとつかむとなると、いちどに一枚しか持てそうにない。わたしがしようとしていることにカーミラが気づき、ダンベルを床に置いて別のプレートを持ちあげた。わたしたちふたりは宇宙のワルキューレとなって、左右からデビエルに近づいていった。

デビエルはふたたび目を閉じていた。うまいぐあいに、首のすぐ下まで毛布を引きあげ、両腕もその下に入れて、頭以外、全身をくるみこんでいる。わたしはデビエルの右肩のすぐ外側で毛布を踏みつけ、そこにプレートを載せた。カーミラも左肩側で同じことをした。これで両側から毛布で胸を押さえつける形になったわけだ。デビエルの体調が万全なら、この程度ではとても動きを封じられなかっただろうが、いまの体力では、おそらくいかんともしがたい。当人がようやく目をあけた時点で、わたしはデビエルの両脚にまたがり、全体重をかけて押さえこんでいた。

デビエルはもがき、弱々しく怒声を発した。が、そこで急にうめき声を発してぐったりと動かなくなった。毛布のいっぽうの側面が腰のあたりでしわになり、茶色い液体がじわじわとレスリング・マットに広がっていく。

部屋の向こう端では、ハイディとドーンが壁にもたれかかり、相互に寄りかかっていた。ドーンは相手の背中に腕をまわしており、ハイディは力なく拍手をしていた。

「そいつ、みんなの嫌われ者なの」

こうした非常事態においては、思いやりのあるうそをつく余裕がだれからもなくなってしまう。隕石落下のあと、被災者たちが口にしたことばのなかには――〝ぶしつけ〟という形容ではすまないものもあった。

わたしはデビエルの片ひざをつつき、いった。

「デビエル。カーミラに点滴を打ってもらわなくてはだめよ」

「あんたがやってくれ」

「わたしはやりかたを知らないもの。わたしにできるのは皮下点滴だけ。それでは効果に大きな差が出るわ」

デビエルは首をふり、最後にはカーミラから顔をそむけ、彼女とは反対側を向いてマットに頬を押しつけた。まったく、あきれはてた男だ。ともあれ、こうして押さえつけてしまえばデビエルは動けない。わたしはカーミラを見あげ、火星スーツを着たままの状態で、できるかぎり肩をすくめるのに近いしぐさをした。

カーミラは眉をひそめ、わたしを見おろした。

「そうやって押さえていてくれたら、脚の静脈に針を刺すわ」

ベンコスキーが片ひじをつき、上体を起こした。

「そのへんにしておけ、デビエル。おとなしく点滴を受けろ。これは上官命令だ」

「こうして火星スーツを着ているから、わたしの〝穢《けが》れ〟とやらが触れる心配はないわ」

そこでカーミラは、マットの茶色い液体を見やり、渋面を作った。「わたしに仕事をさせるか、そのまま糞尿まみれで横たわっているか、どちらかね」

デビエルはマットに押しつけた顔をあげようとはしなかったが、もう抵抗もしなかった。なにはともあれ、これでおとなしくはなってくれたようだ。カーミラは脚の上からどくよう、わたしに手ぶりでうながし、重しのプレートを足でずらしてどけ、立ったままデビエルの毛布をはいだ。

「まずはからだをきれいに拭いて、消毒しないと」

「また漏らすのはかんべんしてほしいわね」

わたしは立ちあがり、〈ライソール〉を取りにバスルームへ向かった。

わたしの背後で、カーミラがいった。

「いやになるわ。クズ野郎を診るのは、これがはじめてじゃないのよ」

19

アナウンサー　一九六二年十一月二十八日、〈BBCワールド・ニュース〉をお伝えします。

第一次火星探険隊からの報告でルビー・ドナルドスン中尉の死亡が告げられて以来、国際社会では懸念が高まっています。彼女の死を悼む追悼式のなかには、地球ファースト主義者により、だいなしにされたものもありました。地球ファースト主義者は、中尉のほんとうの死因がいわゆる宇宙細菌によるものであり、公表された内容は政府が事実を隠蔽するための作り話であるとしています。この宇宙細菌は、地球の生命に対する脅威であり、火星の地表からほかにどのような汚染菌が持ち帰られるかわかったものではない、というのが彼らの主張です。

やっとのことで、デビエルのからだをきれいに拭き、点滴管を刺したところで、ベンコスキーがふらふらと立ちあがった。が、そこでよろめき、点滴袋のフックを引っかけてある椅子の背もたれに手をついた。

「ちょっと！」カーミラがベンコスキーのもとへ駆けよった。まさか、このスーツを着て走れる人間がいるとは思いもしなかった。「なにをするつもり？」

「ルビーを……」肩をすくめ、床に視線を落とす。「収容袋に収めてある」

収容袋。それは地球にいたとき、たまたまナサニエルが読んでいた資料――〝任務中に起こりうる不測の事態〟をまとめたシナリオのひとつに出てきたものだ。〝不測の事態〟とは、この場合、宇宙飛行士が宇宙で死ぬことを意味する。いまのところ、宇宙の死亡事故で遺体が回収され、埋葬された例はない。宇宙飛行士の亡骸《なきがら》は、いにしえのバイキングが行なった水葬にも似て、いわば宇宙葬に付される。死ぬときにはなんの前触れもなく、死ぬ瞬間の自覚さえないままに死ぬ――。気の滅《めい》入るジョークだが、こうしたジョークを言いあう裏には、死なないための意識を心に焼きつける意味もあった。

とはいえ、三年におよぶミッションのさなかに宇宙飛行士が死んでしまった場合、どう対処すればいいのだろう？　地球の大気圏に落下させ、燃えつきさせることはできない。地球は何千万キロも離れているのだから。それでは、火星に着くまで保存しておくのか？

それとも、地球に持ち帰るのか？　仲間の亡骸をいつまでも同じ船内に置いておいた場合、クルーの精神はどのような影響を受けるのだろう？

　それとも、ＩＡＣのことだから、亡骸をコンパクトかつ衛生的な形で地球に持ち帰るための新たな方式を開発済なのだろうか？　じつは、そのとおり。〝収容袋〟というのは、かなり厚手のビニール袋で、この中に宇宙飛行士の亡骸を収容し、エアロックに入れて、宇宙空間の真空にさらす。じきに亡骸はカチカチに凍りつく。

　一時間ほどもそんな状態に置かれた生物は、簡単に崩れるようになる。ここで収容袋を揺さぶれば、凍てついた生物組織は粉々になる。骨や歯でさえもだ。粉末化した亡骸は、コンパクトなキューブ状に圧縮できるので、地球に持ち帰り、葬儀を経て埋葬できる。

　ただし……この収容袋が人間に使われたことはない。いまだかつて、ただの一度も。

　わたしはゆっくりと息を吸った。ボンベに入っている混合空気に含まれた酸素の割合が、もうすこし高ければよかったのに。そう思いながら、ベンコスキーにたずねた。

「いまは……エアロックに？」

　ベンコスキーはうなずいた。

「前部の3号エアロックに入れてある。ただし、入れただけで……そこから先のことは頼みたい。自力でやろうとしたが、衰弱がひどくてどうにもならなかった」

カーミラはベンコスキーの肩に手をかけた。

「あとはわたしたちにまかせなさい」

「いや、いっしょにはいく」ベンコスキーは点滴袋を持ちあげ、フックを肩に引っかけた。「だめだといわれる前にいっておくが、無理はしない。すんだらまっすぐ、ここに戻ってくる」

カーミラは両手を腰にあて、ベンコスキーに険しい目を向けた。

「あなたにできることはなにもないのよ」

「別れを告げることはできる」

ベンコスキーは無理をして背筋を伸ばした。そうやって軍人らしい姿勢をとることで、彼がこの一週間でどれほど体重を失ったのかがむしろはっきりとわかり、胸が痛んだ。

わたしたち三人は、エクササイズ・モジュールをあとにした。ぞろぞろと並んで……というよりも、この場合、カーミラとわたしはどすどすと足音を響かせて、ベンコスキーは壁に手をつき、あとから懸命についてくるという形容がふさわしいだろう。わたしは途中で足をとめ、ベンコスキーが追いついてくるのを待った。

「わたしにもたれかかるといいわ」

ベンコスキーは口の端を歪め、つらそうな笑みを浮かべてみせた。

「すまない。自分が役たたずに思えてなさけなくなる」

「そんなことはないわよ」わたしは片腕をベンコスキーの腰にまわした。「デビエルに命令して、いうことをきかせてくれたじゃないの」

ベンコスキーは片腕をわたしの肩にまわした。それで彼の体重がかかり、ヘルメットとスーツをつなぐ円形リングの背中側が首の付け根に押しつけられた。

「あれを〝いうことをきかせた〟といえるんならな。もっと早くしつけておくべきだった。しかし、ふるまいに気をつけるよう命令したなら、ますます人種差別に凝り固まるような気がしてね」

わたしはヘルメットの中で可能なかぎり首を横に向け、ベンコスキーの顔を見た。円形リングにベンコスキーの体重がかかっているため、首を曲げるにも限度があり、あごしか見えなかった。

「そもそも、どうしてあんな男がクルーに加えられたのか、不思議でしかたがないわ」

「パーカーは追いだそうとしてたんだがな」

ベンコスキーはためいきをつき、その拍子に咳きこんだ。

わたしはいったん足をとめた。ベンコスキーが息をつけるようにするためだ。

「それは初耳だわ」

「ところが、クレマンスがだめだというんだ。予算の問題で。南アフリカが巨額の資金をつぎこんでいたからな」ベンコスキーは姿勢を伸ばし、歩きはじめた。「しかし、おれの仕事は船を円滑に運営することで、やつはおれの副パイロットだ。ずいぶんと楽しい思いをさせてもらったよ」

「あの男がまだあなたを悩ませているって、ＩＡＣは知っているの？」

「知らない。どのみち、ＩＡＣにできることはなにもない。せいぜいが、カウンセリングするとか、愚にもつかないことをいいだすだけだ。通信遅延状態でだぜ。カウンセリングもなにもないもんだ」ここでベンコスキーはわたしを離した。芯廊《スピンドル》にあがる梯子にたどりついたからである。「ここからが難所だな」

「昇れなくなったら、いつでも下から押してあげるからね」

　ベンコスキーは笑い、自分の尻をたたいた。

「たのむ。おむつはまだ満杯じゃないから、押してもだいじょうぶ」

　おりしも、梯子の上からカーミラがわたしたちを見おろし、こういった。

「いやよ、またお尻を拭くのは」

「こんどは自分でできるさ」ベンコスキーは懸命に梯子を昇りはじめた。

　ベンコスキーがすべり落ちてきた場合の用心に、わたしはすぐ下にくっついて梯子を昇った。もっとも、ほんとうに落ちてきた場合、とっさにどう対処できるのかはわからない。できるのはせいぜい、昇降シャフト内で手足をつっぱり、落ちてきたベンコスキーを受けとめることくらいだろう。結局、そんな事態にはならなかったが、わたしがスピンドルにあがった時点で、ベンコスキーは壁に片手をつき、カーミラがそばに寄りそって点滴袋を見つめていた。

「まずったわね。ごめんなさい。もっと早く思いつくべきだったわ。いろいろ気をとられていたから……」そこで左右に首をふって、「重力のある場所へ戻らなくてはだめね」

「なんだって？　どうして？」

「点滴よ。生理食塩水は重力で滴下するの。無重量状態ではまともに働かないわ」カーミラはベンコスキーの両肩をつかみ、昇降シャフトのほうへ向きを変えさせた。「気の毒だけど、それが現実」

「おれはだいじょうぶだ」ベンコスキーは助けを求めてわたしを見た。「エルマ。いってやってくれ、おれはだいじょうぶだと」

「だめよ」わたしは首をふった。わたしもいろいろなことに一家言はあるけれど、医師が断言していることに異を唱えたりはしない。「おねがいだから、パーカーを呼びださせないで。上官命令を出させるようなまねをさせないで」

ベンコスキーは反論するかのように口をあけたが……すぐにその口を閉じた。

「わかった。ここは聞きわけて下に戻る」

ベンコスキーが梯子を降りはじめるのを待ってから、カーミラはスピンドルの前部方向へ向きなおった。前部エアロックはクルーの生活区画付近にある。わたしたちはスピンドルの船首方向を目ざし、となりあって宙をただよいだした。そのあいだ、わたしは心の中でゲームに使えそうなことばを探しつづけた。これから行なおうとしていることの重みは、わたしたちをぐいぐい引きよせていく——それ自体が大重力を持っているかのように。

たとえベンコスキーから何号エアロックか聞いていなかったとしても、そばまでくればどれかは一目瞭然だった。3号エアロックの差圧計が真空状態を示していたからである。カーミラが外扉の閉鎖ボタンを押した。外扉が閉じるのを待って、わたしが与圧バルブを開くと、エアロック内に音高く空気が噴きだしはじめた。これからするべきことを思えば、例のゲームをはじめるのにふさわしい語呂あわせ《ラィム》はもとより、文章のひとつすら思いつかなかった。

カーミラがとなりで咳ばらいをした。

「ルビー・ドナルドスンは優秀な医師だっただけでなく、ブリッジの名手でもあったわ。リンディ・ホップを踊らせたら天下一品。まるでゼロGにいるみたいな動きを見せたものよ、地球にいてさえもね。宇宙飛行士の授業では同期だったの。はじめて会った日のことはけっして忘れない。髪をおさげにしていたものだから、見た目はまるで一二歳の女の子。見学の子供だと思った男性職員に、おじょうちゃん、迷子になったの、どこの学校《スクール》？　ときかれて、ルビーはこう答えたわ――〝スクールはスクールでも、実社会《スクール・オブ・ハード・ノックス》よ、ここへは人を見かけで判断しないよう教えにきたの〟。あのルビーがいなくなってしまったなんて……」

この瞬間にいたるまで、わたしは死者を讃える立場に立ったことがなかった。目頭が熱くなるのを懸命にこらえ、まぶたに力を入れて小刻みにまばたきをし、涙を押しとどめる。そして、いった。

「ルビー・ドナルドスンは献身的な宇宙飛行士で、思いやりの深い医師だったわ。自分の仕事にはどんなことでも全力で取り組んでいた――たとえ見返りなどない仕事であっても。長時間の勤務にも弱音ひとつ吐かずに、チームメイトが医療を必要としているときは遅くまでがんばっていたものよ。はじめてルビーと会ったのは月面でのこと。わたしが月面車の運転法を教えたの。運転するとき、ルビーが〝イーヤッホウ〟と叫んだことは忘れられないわ。投げ縄を買ってやりたいと思ったくらい」

それからは、自分の息づかいだけがヘルメットの内部を満たすなか、フェイスプレートごしに差圧計の表示を見つめた。エアロック内の気圧が船内と同じになり、内扉をあけられる状態になるまで、もう二分待たされた。丸窓ごしに、ほのかに照明された四角い空間の内部を覗きこみ、外扉が完全に閉まっていることをたしかめる。エアロックのただなかには半透明のビニール・バッグが浮かんでいた。バッグの上端と下端には太い取っ手がついている。上端側の取っ手はルビーの首のあたりにあるため、肩と横顔しか見えない。

　ごくりとつばを飲んでから、内扉のロックを解除し、足をガイドレールの一本にかけ、からだを固定しつつ、扉を手前に引いた。わたしのあとにつづいて、カーミラもエアロックに入ってきた。そして、遺体に手をあて、ぐっとつかんだ。

「固くなってる……」

　ここでわたしは残酸素量の表示を見た。〝残量がすくなすぎて、ここにはいられない、早く立ち去らねば〟……という状況を期待してのことだったが、ゲージはこの作業を行なってなお、〈ニーニャ〉に帰るのに充分な量があることを示していた。わたしは歯を食いしばり、片手で取っ手をつかむと、反対の手でガイドレールの一本をつかんだ。心の中で追悼の頌栄《カディーシュ》を唱えはじめる。

（偉大にして神聖なる神の大いなる御名《イトガダール・ヴィイトカダーシュ・シュメイ・ラバ》は……）

「カウント・スリーで?」わたしはたずねた。

カーミラはうなずき、反対側の取っ手をつかんだ。

「1。2。3」

(……神の御心にそって創られし《ビィアルマ・ディヴラ・ヒルティ》この世界にあまねく満てり《ヴィヤムリヒ・マルフティ》……)

収容袋は軽々と天井方向に浮きあがった。乾いたシーツを広げて上下に振るのと変わらない。めいっぱい高く上がったところで、下に振りおろす。つかのま、ビニール袋の表面に、ルビーの顔、胸、さらにはおさげまでもがくっきりと浮き彫りになった。つぎの瞬間、亡骸は砕けだし、いちばん下に振りきったところで、大きな三つの塊に分かれた。

(……願わくは神が平安を施されんことを、《ビィハイェイホン・ウヴィヨメイホン》すべてのイスラエルの家に《ウブハイェイ・ディホル・ベイト・イスラエル》……)

上に振りあげる。袋が震えた。剝離した無数の鋭利な破片が袋の内壁にぶつかったのだ。

(…… われらが生涯においてすみやかに《バーガラ・ウヴィズマン・カリヴ》。そを祈りて唱えん《ヴィイムル》。アーメン《アーメイン》)

下に振りおろす。手に伝わってきたのは、中身が何十もの塊に砕けたさいの振動だった。

(大いなる神の御名に、《ヤヘイ・シュメイ・ラバ・ムヴァラフ》永遠に祝福あれ《ルアラム・ウルアルメイ・アルマヤ》……)

上へ。なにか丸いものが袋の内側に押しつけられた。子供の頭のようなものだ。ただし、造作はもうまったくない。

(吉祥あれ《イトバラフ》、讃えあれ《ヴィイシュタバフ》、栄光あれ《ヴィイタパール》、礼讃あれ《ヴィイトロマム》……)

下へ。エアロックには空気が満ちている。真空であれば音が聞こえず、心が痛まなくてすんだだろう。だが、収容袋の中では無数の小片がぶつかりあい、がさついている。

(奨揚《ヴィイトナセイ》あれ、栄光《ヴィイトハダール》あれ、崇拝《ヴィイトアレー》あれ、賛美《ヴィイトハラル》あれ……)

上へ、下へ、上へ、下へ。そしてついに——。

ことがおわったあとでさえ……ことがおわり、働き蜂《ビジービー》に引き返したあとでさえ、そして艇内でヘルメットをとったあとでさえ——ヘルメットをかぶったままでは涙をぬぐえず、操縦ができないからだ——さらには、〈ニーニャ〉に帰りついたあとでさえも、収容袋の中でルビーの亡骸が砕けていく振動は執拗に手に残っていた。

たったひとつの——たったひとつの救いは——ベンコスキーがいっしょにエアロックまでついてこられず、あの場面に立ち会わずにすんだことだ。

20

いまも残る破滅の影響

隕石被災者について
精神医学者らによるレポートで判明

エマ・ハリスン
ザ・ナショナル・タイムズ特電

［トロント（カナダ）発　一九六二年十一月二十九日］　あの隕石がチェサピーク湾に落下し、ワシントンD．C．を消滅させ、イーストコースト沿岸のかなりの地域を荒廃させてから十年、隕石落下の被災者はいまなお心の深い傷に苦しんでいる。昨日、ふたりの精神医学者が発表したところによれば、被災者はさまざまな身体面での不調

も訴えており、それは心理的なストレスに起因するものと考えられるという。

これまで精神医学者たちは、被災者の心理的ストレスが落下以前からの精神的不安定さに主因を持つと見なしがちだった。しかしロバート・L・レオポルド医師とハラルド・ディロン医師は、これほどの長期にわたり、同様の苦しみにあえぐ人々がこうもおおぜいいるからには、落下以前の個人的精神状態に原因があるとばかりはいえないのではないか、との疑問をいだいた。そこで両医師は、まず落下直後に得られた人々の診察結果を調査した。すると、典型的な事故後の反応が見られた。途方にくれ、不安にとりつかれ、不眠にさいなまれ、食欲不振に悩む人が多く、中には茫然自失状態の人もいた。

ところが、である。最近の状況を調査したところ、被災者の大半は、十年前とくらべて精神状態がいっそう悪化していることがわかった。被災者たちは新たな心の動揺にさいなまれていたのだ。孤立感、監視されているという感覚、他者に対する敵意と不信、などがその典型的な例である。

ナサニエル分《ぶん》が必要だ。ルビーの……どう形容すればいいのだろう……あれ以来、わたしは悪夢を見るようになっていた。カーミラに精神安定剤《ミルタウン》の処方をたのむ必要はなかった。〈ニーニャ〉に帰りつくなり、向こうから処方を申し出てくれたからだ。当然ながら、カーミラはわたしの一件書類に目を通しており、当然ながら、わたしが必要とするときのため、船内に用意しておいたのである。正直、ミルタウンを使って当然の人間とは思われたくなかったのだが。

　そもそも、できることなら使わずにすませたかった。

　それに、カーミラが自分用になにを服用したのかも知らない。

〈ニーニャ〉へ帰還後、ルビーのことを話題に出しはしなかったが、事故報告の席では、けっして、もう二度と、〝収容袋〟を人間に使ってはならない旨、強く訴えた。

　それにつけても、ナサニエル分が必要だ。だからわたしは、通信モジュールに赴いた。携えていったのは、この旅で船が行なう予定のさまざまな噴射パターンを収めたバインダーだった。この時点で、通信遅延はかなり長くなっており、待ち時間をつぶす資料が必要だったのである。それに、バインダーを読んでいるふりをすれば、ナサニエルから届いた暗号文の解読に時間をかけてもごまかしやすい。

　宙をただよっていき、戸口をまわりこんで通信モジュールに入った。フローレンスが読んでいた小説から顔をあげた。小説はハインラインの『異星の客』だった。

「どうしたの？　なにか手伝える？」

「テレタイプがあいてたら使わせてもらおうと思って」通信モジュールの一面にボルトで固定されたテレタイプは、見たところ、動いていない。「ナサニエルのメッセージがきたから、返事をしたいの」

　フローレンスはテレタイプに手をひとふりした。

「どうぞご自由に。ただ、声をかけられても返事をしないけど、怒らないでよ――ちょうどいま、主人公のヴァレンタイン・マイケル・スミスが笑ったところだから」

　それだけいって、あとはかぶりつくように読書を再開した。

　これはむしろ好都合だ。ゴミ部分に暗号を忍ばせていると気づかれる可能性が低くなる。本日のシーザー暗号に使うキーワードは、『どうしてそんなに物語《ジャスト・ソー・ストーリーズ》』の30ページ、7行め、4番めの単語――〝rhinoceros〟。したがって、アルファベットはこう置き変わる。

ABCDEFGHIJKLMNOPQRSTUVWXYZ

RHINOCESABDFGJKLMPQTUVWXYZ

これを元にした暗号文はこれである。

30 7 4-Wo srn tk uqo tso hre tsaje tk hpord ul Puhy'q hkny. Lforqo toff go tsrt yku wopo jkt aj tso gootajeq tsrt rllpkvon tsrt skppahfo tsaje. A irj't eot at kut kc gy sorn. Wsrt tso soff wrq Ifogkjq tsajdaje tk ikggaqqakj tsrt? Rjn wsk toqton at tsrt ikufnj't aggonartofy qoo tso lpkhfogq? Jk kjo qskufn ovop, ovop srvo tk uqo at. A wkujn ul trdaje r Gaftkwj tk eot tk qfool.

解読したものがこれ。

We had to use the bag thing to break up Ruby's body. Please tell me that you were not in the meetings that approved that horrible thing. I can't get it out of my head. What the hell was Clemons thinking to commission that? And who tested it that couldn't immediately see the problems? No one should ever, ever have to use it. I wound up taking a Miltown to get to sleep.

収容袋を使って、ルビーの遺体を砕かなくてはならなかったの。あんな恐ろしいことを許容した会議にあなたは出席していなかったわよね？　いなかったといってちょうだい。あのおぞましさが、ずっと頭から離れてくれない。よくまあクレマンスは、あんなものを造らせようと思ったものだわ。あれを試験したのはだれ？　問題点はたちまち見えたでしょうに。ああいうものは、けっして、二度と使うべきじゃないわ。どうしても眠れないので、とうとうミルタウンを服《の》んじゃった。

この先が本文となる。

愛しいナサニエル

　地球でルビーの死がどういわれているかわからないけれど、彼女が最後の最後まで死力を尽くしてくれたことは断言するわ。もっと早く救援にいければよかったけれど、ミッション管制センターがなぜあのような判断を下したのかは理解しています。どう対処するのが正しかったかは、あとから顧みてはじめてわかる——それだけのこと。それでも、なんとかして救う方法があったのではないかと思わずにはいられない。〈ピンタ〉のクルーは、全員、快方に向かっているみたい。それはもう知っているはずね、〈ピンタ〉との通信が回復しているんだから。ベンコスキーの話では、みんな、まだふらふらしているそうだけど、仕事に復帰できるようにはなってきているようよ。

仕事といえば、トミーが秋休みのうちから一時カンザスにきていると聞いて喜んでいるの。いきなりインターンをはじめる前にカンザスシティの暮らしに馴じんでいたほうが、本人にとってもプラスだもの。ボウリングに連れていってくれてありがとう。アドラー・プラネタリウムの人たちにも紹介してくれるそうで、こんなにありがたいことはないわ。あの子、ずっと前から天文学者になりたいといっていたから。トミーにとって大きな機会になるといいわね。帰ったらぜひ見たいので、写真を撮っておいて。

ありったけの愛をこめて
エルマ

末尾の暗号はこうである。

Wsoj A qran tsrt A ujnopqtkkn wsy Gaqqakj Ikjtpkf grno tso noiaqakj tsoy nan, A faon. A nkj't. A gorj, A nan rt tso tago, hut rq qkkj rq wo sornon kvop aj tso Grpq quatq at buqt qoogon qk khvakuq tsrt wo ikufn srvo nkjo tsrt qkkjop. Rff ikjvopqrtakj rhkut ekaje kvop wrq qsut nkwj hockpo wo ovoj srn r isrjio tk wkpd tso lpkhfog. Skjoqtfy, A tsajd at'q ipagajrf tsrt Puhy'q norn.

解読したものがこれだ。

When I said that I understood why Mission Control made the decision they did, I lied. I don't. I mean, I did at the time, but as soon as we headed over in the Mars suits it just seemed so obvious that we could have done that sooner. All conversation about going over was shut down before we even had a chance to work the problem. Honestly, I think it's criminal that Ruby's dead.

ミッション管制センターがなぜあんな判断を下したのか理解していると書いたけれど、あれはうそ。すこしも理解なんてしてない。いいえ、当初は理解していたつもり。でも、火星スーツを着て救援に向かった時点で、どうしてこんなにあたりまえの行動をもっと早くとっておかなかったのかと悔やんだの。救援に行くかどうかの議論は、問題に取り組む以前に、いっさい禁じられていたでしょう。正直いって、ルビーを死なせたのは犯罪だと思う。

もっと手紙を書きつづけることもできた。しかし、わたしは席に腰をすえてナサニエルからの返信を待った。いや、返信以前に、こちらからテレタイプで送った信号が何千万キロもの距離を越え、地球に到達するのを待ったというべきだろうか。五分たてば、だれかがメッセージを受信し、それをナサニエルに届けてくれる。ナサニエルは、いま時分はオフィスにいるはずだから、会議に出ているのでないかぎり、すぐにテレタイプのもとへ向かうはずだ。

わたしがミルタウンに触れたからには、いそいそというよりも、取るものも取りあえずというていで急ぐにちがいない。

送ってくるメッセージでは、まずわたしのことを気づかったうえで、収容袋の処理をするさい、ひどく動揺したことをだれかに話したかとたずねてくるだろう。まるでわたしに、そんな悩みを打ち明けて相談できる相手が船内にいるかのように。唯一、相談できそうな相手はカーミラだけだが、そのカーミラ自身、わたしといっしょにあれを経験している。これでは悩みなど相談のしようがない。

わたしはバインダーを手にとり、一ページめを開いた。宇宙船出発に関する項――この部分はもう必要ない。レバーを押してリングを開き、当該項目のルーズリーフを数ページ分抜きとって、宙にただよっていかないよう、腿のあいだにはさんだ。

あの収容袋について、開発者たちはちゃんとした宇宙飛行士に意見をきいたのだろうか。ナサニエルからの返信がきたら、それをきいてみよう。もし意見をきいていたとしたら、あれでいいと答えたクソ野郎の宇宙飛行士に文句をいってやる。もし意見をきいていないなら、それはそれで、また別種の激昂したやりとりに発展する。

つぎは地球周回軌道と、同軌道から離脱する過程についての項だった。これもはずしてかまわない。

ルーズリーフを抜くさいに、思わず力が入り、反動でからだが浮きあがって、すこしフローレンスのほうへただよってしまったため、急いで天井に手をつき、動きをとめねばならなかった。そっと天井を押してゆっくりと降下し、テレタイプの前に戻る。ナサニエルはもうメッセージを読んでいるころだろう――会議に出ているのでないかぎり。いや、もしかすると、ほんとうに会議に出ているかもしれない……。

出発前なら、夫のスケジュールを秒単位で把握できていた。いまでは、確実にわかっているのは勤務時間帯だけで、それすらも変わっているかもしれない。カンザスシティにはいない可能性も――いいえ、それはないわ。旅行の予定があるのなら、事前にそうと教えてくれているはずだから。でしょう？　だいいち、今週はトミーが泊まりにきているのに、どこかへいくわけがない。

　唇の内側をかみ、バインダーに意識を戻した。火星遷移軌道へ投入噴射の項――これはまだ必要だ。六カ月後には、わたしたちは地球の重力影響圏を脱して、火星の重力がおよぶ外縁に到達する。わたしはいったんバインダーのリングを閉じ、いちばんうしろのページを出すと、またリングを開いた。抜きとったページをはさむためだ。たしかに、抜いたページを使うことはもうない。しかし、ＩＡＣはいつも使用ずみの資料を回収したがる。それも、わたしの手書きメモだらけのまま。後世に残すためだ。

　そのとき、目の前でテレタイプがカタカタと動きだした。

　突然の出力音に、フローレンスがぎょっとし、その反動で回転しながら宙に浮かびあがったが、とっさにデスクをつかんで動きをとめた。

「まったくもう。毎度毎度。いつもいきなりよ。これが動くたびに肝がつぶれちゃう」

「気持ちはわかるわ」テレタイプと壁の隙間にバインダーをはさみこんだ。

　印字されたロール紙が、キャリッジから吐きだされるにつれて上に伸びあがっていく。まるでジャックと豆の木の紙版だ。一ページの半分ほどランダムなゴミ文字列がつづいたとき、〝30　7　4〟のキーが見えた。ここから先は、こちらと同じキーワードでナサニエルが書いてきた暗号文がつづく。テレタイプの出力速度が落ちたのは、この部分を人の手が入力しているからだろう。

　映画に登場するテレタイプは、ときどき自動で入力されてくるかのように、猛烈な速さで文字を出力する。しかし、実態はそうではない。これほどの距離に隔てられていても、出力には入力者のタイプ速度やクセが出る。打鍵のリズム、打鍵間の間《ま》、つぎに書くことを決めるまでの思考時間が、そのままはっきり反映されるのである。わたしはテレタイプの側面に手をあてがった。手の平に機械の振動が伝わってきた。

　ナサニエルの打鍵に合わせ、キーが紙ごしにキャリッジを打つ小さな衝撃を慈しむ。こうしていると、まるでナサニエルの指がわたしの指と触れ合っているかのようだ。

30 7 4-A’g qkppy yku’po srvaje quis r pkues tago kc at. A porn ykup ckpgrf polkpt rjn at qkujnon fado tso hre cujitakjon rq ajtojnon. A joon qkgo sofl ujnopqtrjnaje wsrt nanj’t wkpd rhkut at. Srvo yku joonon tk trdo rjy ktsop Gaftkwj rctop tsrt capqt jaest?

そこで長い間があった。心の一部で、通信が中断されたのではないかと心配になるほど長い間だった。しかし、その一部以外では、ナサニエルがキーボードにかがみこんだまま、下唇をかみ、眉間にしわを寄せている姿が容易に想像できた。

　ほどなく、続きが出力されはじめた。

Yku djkw A wkppy rhkut yku, hut A’g efrn yku toff go tsajeq fado tsaq.

以上をまとめて解読すると、このようになる。

I’m sorry you’re having such a rough time of it. I read your formal report and it sounded like the bag functioned as intended. I need some help understanding what didn’t work about it. Have you needed to take any other Miltown after that first night? [That-that is where he paused.] You know I worry about you, but I’m glad you tell me things like this.

ひどくつらい思いをさせてすまない。きみの公式報告には目を通した。それを読むかぎり、収容袋は想定されたとおりに機能したように思えたんだが。ちゃんと機能しなかった部分を理解するには、きみの見解が必要となる。処置をした晩のあと、さらにミルタウンを服用する必要に迫られたかい？　（ここが――ここが長い間のあった部分だ）　きみを心配していることはわかってくれていると思う。それでも、ききにくいことだが、ほんとうのところを教えてくれるとうれしい。

このあとに、こんな本文がつづいた。

最愛のエルマ
　きみとクルーのメンバーには心からお悔やみをいいたい。こちらの者もみなルビーの死で深い悲しみにくれている。とくに、航空宇宙医官部に属する同僚たちの嘆きはひととおりではなく、自分たちの過失のように嘆き悲しんでいる。そしてもちろん、ぼくよりずっと深くルビーのことを知っているので、これ以上はないほどの讃辞を彼女に送っている。
　今週、トミーがきてくれたことは福音だった。トミーがいてくれたおかげで、ずいぶん気がまぎれたし、ふだんのペースで食事をとることもできた。ぼくがトミーの齢ごろには、あんなに大量に食べたっけな。ああ、食べた食べた。この子ときたら、ほんとうによく食べるんだから、と家政婦さんに怒られたのを憶えてる。ミルクを一ガロンなんて、家には置いておけないといわれたっけ。家政婦さんの気持ち、いまならわかるよ。プラスの面は、冷蔵庫の中がきれいに片づくということか。おまけに外もピカピカだ。

　トミーはほんとうによく働いてくれる。夏にきてくれるのが待ち遠しい。もっとも、それまでには、寝室がひと部屋あるアパートメントに引っ越すかもしれない。多少はプライバシーが必要だからね。帰ってきたとき、部屋に余裕があっても、べつにいやじゃないだろう？　きみが気に入らなければ、いつでもまた引っ越せばいいんだし。

いつも変わらぬ賞賛と愛をこめて

ナサニエル

ここからは暗号文だ。

At kiiupq tk go tsrt yku gaest trfd tk Drgafrs rhkut wsrtovop aq tpkuhfaje yku. A djkw tsrt Lrpdop aq jkt r qkupio kc ikgckpt, hut Drgafrs rt forqt kuest tk ho, tspkues sop gonairf hridepkujn. A buqt wkppy rhkut yku fottaje tso rjxaoty kvopwsofg yku reraj.

解読内容は以下のとおり。

It occurs to me that you might talk to Kamilah about whatever is troubling you. I know that Parker is not a source of comfort, but Kamilah at least ought to be, through her medical background. I just worry about you letting the anxiety overwhelm you again.

ふと思いついたんだが、心が晴れないようなら、カーミラに相談したほうがいいんじゃないか？　パーカーに心を許せないのは知っているが、医師としての背景を考えるなら、せめてカーミラには相談してもよさそうに思う。きみがまた不安に押しつぶされやしないかと心配でならない。

同僚を粉々に粉砕して動揺するのと、心の不安とは、大きな開きがある。わたしはそれを伝えようとキーボードに指を置き――すぐに引っこめた。これを平文で書くわけにはいかない。まずは暗号化しないと。

ゆっくりと息を吸い、心の中でアルファベットを配列しなおす。それから、変換ミスを避けるため、ルーズリーフのもう使わないページ――火星船の発進手順を記したページの裏にメッセージを書きだした。筆圧が強いので紙に凹みができてしまった。メッセージが書きあがるとそのページをはずし、テレタイプのそばに浮かべ、それを見ながら文字を入力する。

Jrtsrjaof. Tsaq aq jkt rjxaoty. A rg jkt rjxakuq rhkut rjytsaje. A rg, skwovop, vaqioprffy naqtuphon hy tso lpkioqq kc lufvopazaje Puhy Nkjrfnqkj. Yku rqdon wsrt “nanj’t wkpd rhkut at.” Tso hre cujitakjq rq noqaejon rjn rffkwq tso lufvopazrtakj kc rjytsaje cpoozo npaon. Hut nupaje tso lpkioqq, at aq lkqqahfo tk qoo poikejazrhfo laoioq kc tso noiorqon qtpadaje tso hre. Yku irj rfqk coof oris qtpado tspkues tso srjnfoq.

これを解読すると、こうなる。

Nathaniel. This is not anxiety. I am not anxious about anything. I am, however, viscerally disturbed by the process of pulverizing Ruby Donaldson. You asked what “didn’t work about it.” The bag functions as designed and allows the pulverization of anything freeze dried. But during the process, it is possible to see recognizable pieces of

the deceased striking the bag. You can also feel each strike through the handles.
ナサニエル。これは不安とは別物なの。わたしはいっさい、精神病理でいう不安をいだいてはいないわ。ただね、ルビー・ドナルドスンを粉々にする過程はとんでもなくつらいものだったのよ。ちゃんと機能しなかった部分について、わたしの見解をききたいといったわね？　あの収容袋は、内部で冷凍乾燥された亡骸を粉々にするために開発されたもので、その意味ではちゃんと機能したわ。でも、見えるのよ、亡骸が袋の内側にぶつかって砕けていく過程が。伝わってくるのよ、亡骸がばらばらになっていく感触が、収容袋を振るたびに、取っ手を通じて。

いまさらながら、暗号化メッセージだけを送れはしないことに気がついた。本文にくっつけて送らないと、ゴミデータが届いたと見なされる。〝人目につく場所〟で話しあっていたことはなんだったっけ？　ああ、そうそう。新しいアパートメントのことだわ。

愛しいナサニエル

わたしの留守中は、思いっきり羽を伸ばせばいいと思うの。わたしがいるときよりもいないときのほうが空間が必要だなんて、ちょっと皮肉ね。でも、トミーから離れる場所を作りたい気持ちはわかるわ。それに、寝室があれば、毎日マーフィー・ベッドを出したりたたんだりしなくてもよくなるもの。その点、楽になるんじゃないかしら。わたしもあの作業から解放されたいし。

　新居を見られるようになるのは二年と半年先。すくなくとも、樹々に面した立地だとうれしいわ。菜園モジュールはこの船でいちばん気に入っている場所のひとつでね。土や植物のにおいを嗅ぐと心が安らぐの。月面の小さな〝セントラル・パーク〟が好きなのも同じ理由。緑がどれほどすばらしい色かは、長いあいだ緑なしで生活してみないとわからないでしょう。

愛してる
エルマ

最後に暗号文をつけた。

Poerpnaje tso hre: Lforqo agreajo ac at wopo go, rjn yku qrw gy crio lpoqqon rerajqt tso ajtopakp kc tso hre. Lforqo agreajo coofaje laoioq kc gy hkny sattaje tso hre rjn tso qtpadoq vahprtaje tspkues tso qtprl aj ykup srjnq, ovoj wats efkvoq kj. Lforqo agreajo coofaje tskqo laoioq eot qgrffop rjn qgrffop ujtaf yku coft kjfy tso saqqaje kc qrjn rerajqt tso ajqano rjn yku djow tsrt at srn kjio hooj go.

解読内容は以下のとおり。

Regarding the bag: Please imagine if it were me, and you saw my face pressed against the interior of the bag. Please imagine feeling pieces of my body hitting the bag and the strikes vibrating through the strap in your hands, even with gloves on. Please imagine feeling those pieces get smaller and smaller until you felt only the hissing of sand against the inside and you knew that it had once been me.

収容袋についてだけど。中に収められているのがわたしだと想像してみて、そして、袋の内側にわたしの顔が押しつけられている光景を想像してみて。ばらばらになったわたしのからだが袋の内側にぶつかって、その振動が取っ手を通して手に伝わってくる感触を想像してみて。グラヴをはめていても伝わってくるのよ。破片がどんどん小さくなっていって、とうとう無数の砂粒が袋の内側にあたりだす感触を想像してみて。かつてわたしだったとわかっているものが、そうなってしまうのよ？

キーボードから手を離し、うしろにただよった。打鍵しどおしで、まだ指先がじんじんしている。またしても、粉々になるまでルビーの亡骸を振りつづけたかのようだ。

「ねえ、けんかでもしてるの？」

フローレンスが本から顔をあげた。見ると、小首をかしげている。

「どうして……どうしてけんかしてると思うの？」

わたしは宙に浮かばせていたページを回収し、バインダーを開いてはさむと、ぱたんと閉じた。

「だって、すごい勢いでキーをたたいてたでしょ」フローレンスは鼻を鳴らし、本を閉じた。「ね、彼、なにやらかしたのさ？」

「あなた、本を読んでたんじゃなかったの？」

通信機の横の壁には小さなネットが取りつけられている。フローレンスはそこに本をはさんだ。それから、腕組みをし、唇をすぼめて、

「けんかをやめるんなら本に集中もできるけど、あんな音を立ててキーをたたかれちゃね、

いやでも気になるわ。で、なにがあったのよ?」

フローレンスとは多少とも親密な関係を築こうと手を尽くしている。そうでなかったら、たぶん、この問いははぐらかしていただろう。しかし、自分の私生活にすこしでも興味を示されたとなれば、それに応えないわけにはいかない。わたしは吐息をつき、宙に浮かんだままで向きを変えると、フローレンスに正面から向きあった。

「収容袋よ。IACに、あれに見切りをつけて、別の方法を考えてほしいと訴えてるの」

フローレンスは身ぶるいした。

「ああ。あれ、カーミラ《カム》から聞いてる。ぞっとしたわ」

苦い嫉妬の波がからだを駆けぬけた。しかし、なぜ? わたしになんの権利があって、カーミラがフローレンスにあの件を打ち明けたことに嫉妬しなければならないの? ふたりはわたしよりも長くいっしょに仕事をしている。仕事を離れて友情を育《はぐく》む権利も当然ある。とはいえ——。

不思議なものだ。なにがきっかけで問題の焦点が急に明確になるかわからないのだから。わたしもこの船に同僚はいる。しかし、だれとも友人になっていない。カーミラとフローレンスは非番のとき、よくいっしょに過ごす。ハファエウはテラサスと。パーカーはテラサス、レナードはフローレンス、カーミラはハファエウと過ごすことも多い。クルー全体で、それぞれに個人的なつながりがあり、友情がある。それなのに、わたしはだれともそんな関係にはない。ほんとうの意味では。その理由はわからない。いまだにヘレンの居場所を奪ったことで腹を立てられているのか、統括エンジニアと結婚しているからなのか、それとも、たんに……。

　苦い思いを呑みこんで、わたしはいった。

「ナサニエルは収容袋が想定されたパラメータの範囲内で機能したと考えていて、どこに問題があるかわからないというの」

「男っていうのは、どうしてこう馬鹿ばっかりなのかしらねえ」

「呆然とするばかりよ。じっさい、そのとおり」わたしはナサニエルのメッセージが印字された紙をひらひらと動かした。「ナサニエルほどよくできた男性でもこうなんだから。あのひと、料理はできるし、わたしの甥の面倒も見てくれてるし、ほかにも……ほかにもいろいろとよくできた人物なの。ところが、エンジニアの意識が前面に出てきたとたん、ときどき設計パラメータが人の心に与える機微に目がいかなくなっちゃう。〝収容袋は想定されたとおりに機能した〟だもの。冗談じゃないわ」

「〝機能した〟収容袋をどこに保管しておくのかってきいてやるといいわ。もしわたしが死んだら、そのまんま宇宙に放りだしてよね。砂の山の形で保管されるより、宇宙空間を永遠にただよってるほうがまだましだから」

それは考えたこともなかったが、想像しただけでぞっとした。

「同感だわ。とはいえ……」そこでモジュール内を見まわしたのは、心を安らがせるもの、木でできたなにかがないかと思ったからだ。結局、バインダーの紙で妥協することにして、その表紙をこんこんとたたいた。「……もう二度とだれにも死んでほしくない」

「うーん、そこのところはね。なかには……」フローレンスは肩をすくめて小首をかしげ、

「機会さえあったら、エアロックに放りこんで、宇宙空間にさらしてやりたくなる連中もいるからねえ」

「そのとき、〝たまたま〟収容袋が行方不明になっていそう」

「それそれ。〝なさけないことに、どこかへいってしまいました〟ってね」フローレンスはにやりと笑った。「カーミラ《カム》とテラサスが手伝ってくれるわ」

その場合、地球に送るメッセージは愉快なものになりそうだ。

〝愛しいナサニエル。ほんとうにごめんなさい、手ちがいで収容袋がすべて消えてしまったの。どういうわけか、二隻両方ともでよ。あんなに野蛮な装備を、いったいどうやって処分できたのかわからないわ。わたしとしては――〟

テレタイプが動きだしたのはそのときだった。突然の出力音に、わたしたちはふたりと

も飛びあがり、つづいて笑った。

「毎度毎度。いつもいきなりよ」なおも笑いながら、フローレンスが片手を胸にあてた。

「毎回、この調子なんだから」

笑い声にあと押しされるように、わたしはテレタイプのそばへただよった。ゴミデータに埋めこまれた〝ゴミデータ〟が出力されてくると、わたしは機械にかがみこみ、頭の中で解読した。

その内容はこうだった。


すまない。クルーの心におよぼす影響はまったく考慮されていなかった。そこは完全にきみのいうとおりだ。ほんとうに申しわけなく思う。つぎの会議で情報を共有できるよう、詳細な報告を送ってもらえるだろうか。別の解決策を見つけたい。もっとも、その新たな解決策の出番がないよう、神に祈っているがね。

ナサニエルに問題を理解させるため、一戦交えるつもりでいたわたしは、やり場のない怒りをかかえることになったが、と同時に、安堵と感謝をおぼえた。こんなにも理解のあるすばらしい男性と結婚できたのは幸運だった。そのいっぽうで、恥ずかしさもこみあげてきた。ナサニエルならきっとわかってくれる――そうとわかっていて当然なのに。ナサニエルは最高の男性なのに。

愛するエルマ

樹々に面したアパートメント、なにがなんでも探してみせる。地球に緑があるのがあたりまえだと思っていた自分に気づかせてくれてありがとう。たぶん、みんながあたりまえだと思ってるだろうけどな。身のまわりには動物も植物もひしめいているからさ。地球という惑星は太陽系の例外的存在なのに、ついついそれを忘れてしまう。生物がいかに脆弱《ぜいじゃく》か、いつも肝に銘じておかないかぎり。

ありったけの愛をこめて

ナサニエル

最後に短い〝ゴミ〟がついていた。

毎日きみのことばかり考えている。きみが宇宙で死ぬかもしれないことにおののいて、さまざまなパターンが頭にちらつく。たのむから死なないでくれ。

今回は即座に返信した。暗号文をつけようともしなかった。なぜなら、暗号でも本文でも、返すことばは同じになるからだ。

ありがとう。心から愛してる。


テレタイプを押して宙に浮かんだ。見ると、フローレンスが本を閉じ、その縁ごしにじっとわたしを見つめていた。小首をかしげて、フローレンスはいった。

「で？」

「すまなかった、あの件がクルーにおよぼした影響について、詳細な報告を送ってほしいって」ナサニエルが送ってきたメッセージの出力紙を折り、折り目に指を走らせた。それがナサニエルの手の甲ででもあるかのように。「こんどの会議で諮《はか》ってくれるそうよ」

「まあ驚いた」フローレンスはかぶりをふりながら、ふたたび小説を開いた。「驚異の種は尽きないもんだわね。道理をわきまえた男がいるなんて」

その道理をわきまえた男に再会できるのは、いまから二年と五カ月、三週間と四日先だ。いいえ、けっして指折り数えているわけじゃないのよ？

21

シグナス占拠の六名、審判続く

ロバート・オールデン
ザ・ナショナル・タイムズ特電

［カンザスシティ（カンザス州）発　一九六二年十二月十四日］　昨年、国際航空宇宙機構のシグナス14号往還船を占拠した廉《かど》で告発された六名の裁判は、本日も行なわれた。カンザスシティで開廷された理由は、セキュリティ上の観点に鑑《かんが》み、当市の法廷に審理場所を移すよう、合衆国政府より要請があったからである。

　小法廷は、三十二名の武装した法廷警備員（軽機関銃装備の兵士六名含む）が詰めていたため、ひどく手ぜまに感じられた。裁判所周辺には国連軍が厳重な非常線を張っており、所内へは身体検査を受けないと入れない。

犯行グループのリーダーとして告発されているのは、黒人系保険代理店に勤める三十四歳の風貌精悍《せいかん》な黒人男性。警察から、占拠事件のみならず、多くのテロリスト活動の首謀者と目されている人物である。

展望ドームの一角で、ハファエウがギターをつまびいている。ドームといっても、じっさいにはドーム形ではなく、十二面体だ。ギターの音はその各面に反射して、室内にいるわたしたちを包みこんでいた。パーカーとカーミラを除けば、クルーはみんな、非番になると、この展望ドームに集まる傾向が強い。わたしは船の図書室から持ってきたE・R・バローズの『火星の女神イサス』を手に、ドーム内の頂点付近をただよっていた。なぜかわからないが、〈火星シリーズ〉の一作めは、この船の図書室にはない。〈ピンタ〉にはあるというのに。

ときどき、ミッション管制センターの判断基準がわからなくなる。さいわい、『火星のプリンセス』を読んでいなくとも、続巻から読むのに支障はなかったが。支障があるのは、むしろテラサスが唇を使って立てる奇妙な音のほうだった。

どういうわけか、月への旅では気にならなかったが、テラサスはいつも、考えごとをしているとき——はなはだわずらわしいことに——この音を出す。

わたしは本の縁ごしにテラサスを見た。テラサスはクリップボードを持って宙に浮かび、なにかを書きつけている。十中八九、つぎの無線ドラマの脚本だろう。

「なにかを食べてるわけじゃないのにねえ」

「うん？」テラサスが顔をあげた。

「その音よ。まるで……やめてもらえるとありがたいんだけど。どう？」

「どの音？」テラサスはシャープペンシルで鼻をかいた。

助け船を出してくれたのはハファエウだった。唇を使って、スローモーション再生した放屁《ほうひ》の音をまねてくれたのだ。

「愉快ではあるが、不快だな」

テラサスは笑って首をふった。

「そんな音、出してるはずないだろ——って、おい、まさか？」

「おや？　この記事は……なんということだ。エルマ——」

レナードがいいかけて、口を強く閉じた。歯がガチンと嚙み合わされる音まで聞こえるほどだった。手にしたテレタイプの出力紙は、強く握りしめられてくしゃくしゃになっている。出力されているのは〝新聞〟だった。

わたしは顔から本を離した。

「どうしたの？」

「いや、なんでもない」

レナードはほほえみを浮かべ――これが本心からの笑みだとは、一瞬たりとも思えなかった――出力紙を伸ばした。その動作の反動で、空中に浮かんだまま、からだがゆるやかに円を描きはじめる。

刺繡をしていたフローレンスが、刺繡針ごしにレナードを見た。

「デモ行進の件？　それとも、裁判？」

「なんでもない。ぼくは――ぼくはその、エルマに実験室で手伝ってほしいことがあってだね。しかし、いまでなくてもいいので」

どう見ても、あとまわしにできることではなさそうだ。わたしは本を閉じた。ハファエウもギターを弾くのをやめた。わたしは天井を押して、もうすこしレナードに近づいた。

「裁判って、どの？」

「〈シグナスの六人〉だよ」レナードは渋面を作り、ページをめくった。「ほう？　フローレンス。地球できみのファンができたみたいだぞ。ジーン・ロッデンベリイが新しいテレビ・シリーズで、きみにインスパイアされたキャラクターを登場させるといっている」

「それで？　あなたがまだいっていないことはなに？」

わたしは質問を重ね、本をフライトスーツのポケットにつっこんだ。

レナードは頭上をふりあおぎ、星々を眺めた。フローレンスが布地に針を刺そうとして、その手をとめた。

「話しちゃったほうがいいわよ。黙っていても食いさがられるだけ。わかってるでしょ」

レナードは嘆息し、顔を手元に向け、裁判のことを報じた記事に視線を戻した。

「〝訊問のなかには、シグナス14号往還船不時着にＩＡＣの職員が関与している可能性を問うものもあった。いっぽう、〈レディ・アストロノート〉は、その尽力により、ヒロインとして讃えられているが、本紙が行なった最新の調査では、彼女に精神疾患の既往歴があったことが判明している〟」

冷たい憎悪の波がからだを駆けぬけた。いまのが聞きまちがいであったなら……そう思わずにはいられなかった。しかし、地球のことはよく知っている。わたしはいま、はっきりと、慄然とするほど明確に、レナードのことばを聞きとった。このときわたしは、不安を隠すさいにいつもすることをしてしまった。ジョークをいったのだ。

「この仕事を選んだからには……全員がそうだといえるんじゃない？」

「じゃあ、ほんとなんだ」フローレンスは布に荒々しく刺繍針を突き刺した。

「おいおい、おだやかじゃないぞ」

テラサスが手にしたクリップボードを離し、目の前でくるくる回転するにまかせた。

「それは——」わたしはつばを飲みこみ、腕組みをした。ああ、なんということだろう。ごまかしてしまいたい。それでも、うそはつかなかった。そのことは誇りに思う。「ほんとうよ。たしかに不安をかかえていたわ」

「いた？」フローレンスが鼻を鳴らした。

つっこみたくなるのもむりはない。とはいえ、わたしもいらだっていた。

「いまはもう、問題はないもの」

「ミッション管制センターはそれを知ってた。そうね？」

「それは……つまり、結婚相手が統括エンジニアだから」もっとも、最悪だった時期のことは、ナサニエルにも長いあいだ隠していたのだが。「だから、答えはイエスよ。パーカーとカーミラも知っていたわ」

フローレンスは食いいるような目でわたしを凝視してから、刺繍に目を落とした。それ以外、なんの反応も見せない。室内に聞こえるのはファンの作動音だけだ。

わたしは咳ばらいをした。

「その……」ここから先はいわないほうがいい。それはわかっていた。しかし、わたしの中では南部のルーツがときどき頭をもたげることがある。いまもそうだった。「せめてもの救いは、これでレナードから注意がそれることね」

「そもそもレナードには、身辺調査される理由なんて、どこにもなかったのよ」フローレンスが刺繍針を布に刺しては抜き、刺しては抜きをくりかえしだした。その動作のたびに、針が光をとらえ、銀色に光っている。「宇宙飛行士は完璧を要求されるのに。完璧でもない人間がほいほい宇宙飛行士になれるんだから、いいご身分よね、だれかさんは」

強烈なひとことだった。このひとことで、ジョークでしのごうという気持ちも泣きたい気持ちも、きれいさっぱりなくなった。

「冗談でしょう？不安がどんなものだと思ってるの？　わたしはユダヤ人よ。そして、科学の徒でもある。完璧であろうと努めなかったときなんて一瞬もないわ」

「ミルタウンを服用するのが完璧のあかし？」

「なぜそれを――」わたしは目をつむった。そうすれば、身辺調査をするにも等しい眼差しから隠れられるかのように。「それも新聞に出ていたのね」

「フローレンス――」これはレナードだ。低く緊迫した声だった。

「黙らないわよ。急に割りこんできて、人の居場所を横どりするような女だもの。平気でそんなことをできるからには、精神的な――」

1、1、2、3、5、8、13……。他人にどう思われても気にはしない。自分でちゃんとわかっているからだ。浅く小刻みになってきた呼吸を意志の力で抑制し、身をふるわせつつ深く長い呼吸に切り替えると、わたしは目をあけた。
「よくもそんなことがいえたものね！　わたしが完璧であるための努力を怠っていないと、どうすれば納得してくれるのかしら？」

　フローレンスは空中でわたしに向きなおった。そのうしろで刺繍糸が弧を描く。

「まだわかってないんだ。ヘレンが追いだされたとき、わたしは怒ったか？　イエスよ。でも、なんでミッション管制センターが追いだしたのが台湾人の計算者で、白人の計算者じゃなかったのか？　考えてもみなさいよ」

　言い返そうとして口を開いた。が、ことばが出てこなかった。わたしは口をあけたまま、しばしその場に浮かびつづけた。ややあって、

「それは――それはたしかに問題だけど。でも、ヘレンが白人ではないという事実のほかにも理由はあったはず。広報部はパーカーとわたしを同じ船に乗せたがったんだから」

「そうよね。そういうことにしておきましょう」フローレンスはうなずいてみせた。

「だいたい、人種だけの問題だというなら、レナードがトラブルのきっかけになる前に、交替させるくらいのことをしていたはずでしょう、ＩＡＣは」

「トラブルとおいでなすったよ」フローレンスはレナードに目を向けた。「聞いた？」

「聞いた」

もしかするとわたしは、自分が注目の的になっている状態から逃げたかったのかもしれない。よくわからない。

「それが事実であることは知っているはずよね？　そのために、デビエルは悪辣《あくらつ》な画策をしていたんだから」

「それではなぜ、きみには嫌疑がかけられなかったのかな、うん？」レナードは〝新聞〟を四つ折りにし、もういちど――さらにもういちど、しっかりと折ってから、親指の爪で紙の縁をしごいた。「どうして〝陰謀に加担〟していたのはぼくだけで、きみではなかったんだろうね？」

もちろん、答えはわかっていた。レナードが黒人だからだ。

「いいでしょう。論点はわかったわ」手の平が汗ばんできていた。腕組みをして腋の下につっこんでいた両手を、さらに奥へつっこむ。「それでも、げんにあなたは、こうしてミッションに加われたじゃない。あなたはここにいる。ちがう？　だったら、どちらも完璧でなくたって通用したということになるでしょう？」

「そうはいうがね、きみの場合、不完全さがあるのはここじゃないが」レナードは黒い手の甲をかかげてみせた。「ぼくの場合はここにある」

「わたしの場合は――」……21、34、55、89……。いまはわたしの問題はいい。フローレンスがいったとおり、問題の根は別にある。「肌の黒さは不完全さでもなんでもないわ。あなたは聡明な宇宙飛行士で、このミッションに参加できるだけの資質をそなえていた。それだけのことよ」

「だったら、わたしたちが宇宙でやらされてるのはなに？」フローレンスは首をかしげてみせた。「壁磨き。トイレ掃除。料理。洗濯」

「それは全員がやってることじゃないの。二週間前、わたしはトイレの修理までしたわ。それに――」

「それ以上はよせ、エルマ」レナードはテレタイプの出力紙をくしゃくしゃに握りしめた。「後生だから、それ以上はやめてくれ！」

鼓動の速さが脱出速度に達しかけていた。汗がぬるい小滴となってうなじにへばりついている。レナードがこんなふうに声を荒らげるところははじめて見た。

「わたしは、ただ――」

「きみの善意は憶えておくよう心がけている。しかし、いまこのときばかりは、善意ある白人女性の抗弁を聞く気にはなれない。ぼくにはきみを元気づける余裕も、いまの自分が幸せで、自分の人生の生まれ合わせに満足しているふりをする余裕もないんだ」

「気持ちはわかるけれど……」わたしは両手をますます深く腋の下に潜りこませた。「気持ちはわかるけれど。わたしはただ、力になりたかっただけ」

「力に？」フローレンスが刺繍していた布をたたんだ。「無知をさらすかわりに、黙っていることで？　それでなんの力になれるっていうのよ」

　ここでテラサスが割って入った。

「なあ、きみたち、まるでデビエルを糾弾するみたいな口ぶりになってるぞ。気がついてないかもしれないからいっておくが、船内の清掃には全員が割りあてられてるんだぜ」

「あなたまでそんなことを。こんどの月曜日になったら、当番表をよく見てみなさいよ。それを見て、まだ不公正じゃないと思うんなら、教えてほしいもんだわ」フローレンスは刺繍していた布を、テザーで腰につないでそばに浮かべていた袋につっこんだ。「さあさ、ごめんこうむりますですよ、洗濯物を見にいかなくちゃなりませんでね」

フローレンスのいっていることはむちゃくちゃだ。船内には七人しかクルーがいないのだから、だれかがさぼったら尻ぬぐいはできない。

「けれど、掃除なら全員が割りあてられてるでしょう。基本的なメンテナンス作業の一環なんだから」

「たしかに」レナードは折った〝新聞〟をぴしゃりと手の平にたたきつけた。「たしかに、それはそうだ。われわれは全員、掃除を割りあてられている。しかし、きみたちは全員、船のメンテナンスに関して、ほかの仕事を割りあてられているじゃないか。フローレンスとぼく以外はみんながそうだ」

　ハファエウがいった。

「それはほんとうだな。レナードはエンジニアリング関係でおれを補助する訓練を受けている。だけど、ミッション管制センターはかたくなに、その役目をエステバンにしかやらせようとしない。エステバンはレナードの予備要員でしかないのに」

　テラサスはハファエウに顔を向け、両眉を吊りあげた。

「おれのサポート、気に入ってくれてるとばかり思ってたんだけどな」

「気に入ってはいるさ」ハファエウの耳に赤みが差した。「だけど、論点はそこじゃない。本来、レナードであるべきだといってるんだ」

「そういってくれるのはありがたいがね」レナードが手元の出力紙に目を落とした。

　わたしはハファエウとテラサスに顔を向けた。自分でもなにを期待しているのかはわからなかった。このふたりに〝ヨークはそこまで悪辣な人間じゃない〟と請けあってほしかったのだろうか。逆に、ひどい人間であると決めつけてほしかったのか？　ハファエウの顔には、日がな一日、無重量環境訓練施設《ニュートラル・ボイアンシー・ラボラトリー》のプールに浸かっていたかのように、張りがなくなっている。そこでハファエウは唇をかみ、テラサスに顔を向け、ほほえんでみせた。ぎくしゃくとしたほほえみではあったが、それでもなんとか、口の両端を吊りあげることはできていた。

「そういや、憶えてほしい歌があるといってたな。どの歌だっけ？」

息をするのがつらかった。頬の内側をかむ。それから身をひねり、天井を軽く蹴って、芯廊《スピンドル》に通じる戸口へ飛んだ。

この手のことにかけては慣れているので、ためらうことなく、遠心力リングのトイレに向かった。吐くのは重力のあるところでないとまずい。

トイレから出てすぐ、スピンドルを通り、通信モジュールに向かった。パーカーかカーミラがいる可能性はほとんどないと踏んでいたが、思ったとおり、モジュールは人けがなく、暗かった。唇の内側をかみながら、しばし戸口に浮かぶ。テレタイプはそこにある。ナサニエルとの絆がそこにある。なにもかも打ち明けてしまいたい反面、心配をかけたくない思いもあった。でも……ナサニエルにはすべてを正直に話すと約束した。九七〇〇万キロ離れていてもその誓いに変わりはない。

戸口を押しつけ、テレタイプの前に浮かんで、からだを回転させ、入力しやすい体勢をとる。両脚を伸ばし、両足をガイドレールの一本にかけ、からだを固定してから、入力を開始した。

今回はキプリングの本を持ってきていないので、すでに使ったキーワードを使いまわすことにした。〝rhinoceros〟だ。

A buqt tspow ul. At'q tso capqt tago kj tsaq gaqqakj. A qullkqo yku'vo qooj tso rptaifo rhkut tso Iyejuq Qax tsrt trfdq rhkut gy rjxaoty lpkhfog. Fokjrpn hpkuest at ul. A tskuest rff kc tsaq wrq hosajn go rjn wrq hfajnqanon. Tsoj qkgoskw tso ikjvopqrtakj buqt noeojoprton ajtk rjeop rff rpkujn. A'g cajo jkw. A djkw yku wkj't hofaovo go, hut tso crit tsrt A'g toffaje yku tsrt A wrq ulqot kuest tk porqqupo yku. Rt forqt r fattfo? A sklo at wkj't srlloj reraj. Ekn. At'q hooj qk fkje qajio A tspow ul fado tsrt. A irj't hofaovo tsrt at uqon tk ho poeufrp. Hut, porffy, A'g cajo. A'g kjfy toffaje yku hoiruqo A lpkgaqon A wkufn.

解読文はこうである。

I just threw up. It's the first time on this mission. I suppose you've seen the article about the Cygnus Six that talks about my anxiety problem. Leonard brought it up. I thought all of this was behind me and was blindsided. Then somehow the conversation just degenerated into anger all around. I'm fine now. I know you won't believe me, but the fact that I'm telling you that I was upset ought to reassure you. At least a little? I hope it won't happen again. God. It's been so long since I threw up like that. I can't believe that it used to be regular. But, really, I'm fine. I'm only telling you because I promised I would.

いま吐いてきた。このミッションで吐いたのは初めて。きっと〈シグナスの六人〉関係の新聞記事は見ているわね。記事はわたしの不安に触れていたでしょう。レナードが見つけてきたの。こういう記事は、いままでわたしの目に触れないように隠されていたのかしら。この記事をきっかけに、会話がひどくぎすぎすしたものになってしまったわ。いまはもうだいじょうぶ。信じないだろうけど、こうして吐いたことを報告している事実だけでも、安心材料になるでしょう？　たしかに、ささやかな安心かもしれないけれど。二度と吐かないですむように願っているわ。それにしても、ずいぶん長いあいだ吐いていなかったのね。こんなことが常態だったなんて信じられない。けれど、ほんとう、いまはもうだいじょうぶ。こうして報告しているのは、すべて打ち明けると約束したから。

つぎは本文。

愛しいナサニエル

地球からのニュースには、ときどきひどく痛ましいものがあるわね。インド洋でサイクロンの被害に遭った人たちの報には胸が痛んだわ。地球はますます、居住に適さなくなりつつあるのかしら。わたしたちのミッションは、そんな環境に閉じこめられた人々にとって、まだ希望があることを証明するものでなくてはならない。そんな思いを改めて肝に銘じたところよ。気候が悪化していくなかで、人類が星々へ進出するための新たな橋頭堡《きょうとうほ》を確立すること。それに希望をつなげられるようにしないとね。

そういえば、『火星の女神イサス』を読んでるの。荒唐無稽さをたっぷりと楽しんでるわ。〈火星シリーズ〉の一冊めは〈ピンタ〉にあるので、こんど医療チェックで向こうの船にいったら取ってきてくれるよう、カーミラに頼んであるのよ。ありがたいことに、全員、健康状態は良好。

その後、アパートメント探しはどう？

愛をこめて
エルマ

末尾の暗号文。

Ovopykjo'q lsyqairf sorfts aq ekkn, rq aq gajo, hut toglopq rpo qtpotison tk tso hpordaje lkajt. Tsopo rpo tagoq tsrt A waqs wo wopoj't eottaje jowq cpkg skgo hoykjn fottopq cpkg crgafy rjn cpaojnq. Lforqo nk dool tskqo ikgaje. A gaqq yku toppahfy.

その解読文。

Everyone's physical health is good, as is mine, but tempers are stretched to the breaking point. There are times that I wish we weren't getting news from home beyond letters from family and friends. Please do keep those coming. I miss you terribly.

全員、健康状態は良好。それはわたしも同様だけれど、精神の健康状態はぎりぎりのところよ。ニュースなんか、こなければいいのにと思う。届くのは家族と友人からの手紙だけでたくさん。これからも手紙は書きつづけて。会えなくて、ほんとうにさみしい。

カンザスでは夜も遅い時刻で、しかも週末だ。ナサニエルからの返信がほしいと思ういっぽうで、こんな時間まで仕事をしていなければいいがという心配もあった。とはいえ、夫のことはよく知っている。いま時分でもオフィスに詰めている可能性は高い。いや……考えてみると、今夜はたしか、ポーカーに興じているはずだ。胸に宿る痛みをすこしでも解放しようとして、わたしは吐息をつき、レナードを探しにいった。

レナードは菜園モジュールにいて、トマトの水耕栽培棚が連なるなか、その中央部分にある作業台にすわっていた。本来、この作業台はすわるためのものではなかったのだが、宇宙に出た人間がどれほど緑に安らぎを求めるかが判明するまで、長くはかからなかった。

モジュールに入っていくとき、わざと床の金属格子に足をこすりつけて音を立てたのは、レナードの注意を引くためだ。

レナードが顔をあげ、両手を組みあわせて嘆息してみせた。

「エルマ……さっきはすまなかったな。声を荒らげたりして」

意外なことばに、わたしは歩みの途中で立ちどまった。

「あやまるだなんて——こちらがあやまりにきたのに。わたしがまちがっていたわ」

レナードは苦笑し、ことばをつづけた。

「むかし、母にいわれたものだよ。謝罪に正しいとか、まちがっているとかは関係ない。謝罪というのは、問題そのものよりも相互の関係のほうが大事だと示すためのものだとね。それに、きみはべつに問題なんかじゃない」

「でも、一因ではあるわ。まちがっていたとも思うし。それに、あなたはわたしにとって重要な人だもの」

「そういってくれるのはありがたいがね」レナードは両手を広げ、指を曲げ伸ばしした。「ぼくは謝罪した理由を説明しただけだよ」

「ああ……そうね」わたしは片足で立った。父に失望の目を向けられたときのような気分だった。トマトの葉がファンからの風にそよぎ、青臭いにおいを空中にふりまいている。

手を一枚の葉に伸ばし、指先で葉脈をなぞった。「あのとき……〈ルネッタ〉にいたとき、あなたとフローレンスは介入しないでほしいといったでしょう。でも、あなたが望むなら、当番表の是正を上のだれかに訴えるよう、ナサニエルに耳打ちしようかと思うんだけど。あくまでも、あなたが望むならよ」

　レナードはかぶりをふり、のどの奥でうめいて立ちあがった。

「すまないな。きみの志には感謝する。しかし、答えはノーだ。これからはハファエウがぼくを指名してくれると思うし、そうなるのなら、それがいちばんいい。きっと、もっと早くハファエウに相談しておくべきだったんだろう」

「わたしにできることはある？」

　レナードは肩をすくめ、

「ないよ。ありがとう」といって、モジュールを出ていきかけた。が、トマトの列の端で立ちどまり、茂る青葉に囲まれた状態でわたしに向きなおると、人差し指を立てた。「ひとついいかな。ぼくの経験を、ぼくに向かって講釈しないでくれ。あれにはどうにもがまんがならない」

　これにはたじろいだ。なぜなら、それこそはわたしが何度もやってきたことだからだ。わたしたち全員が掃除の仕事を割りあてられていることにはじまって、レナードがミッションから追いだされなかったことにいたるまで、すべてそうだった。それがどんなに不愉快なことかは、自分自身、しじゅうパーカーにやられて、いやというほど思い知っている。

「了解。二度と講釈はしないわ」

「了承を確認」レナードはウインクをした。「では、夕食で」

レナードが立ち去ると、わたしはさっきまで彼がすわっていた作業台に腰をおろした。

自分がていよくレナードをモジュールから追いだしたことに気づいたのは、緑に囲まれてリラックスしてからのことだった。

22

雑誌の広告出稿
好転の兆し

ピーター・バート

［一九六二年十二月二十七日］ 長年、浮かない顔だった雑誌広告の営業マンに、すこし笑顔が戻りつつある。業績が復調しつつあるからだ。たしかに全面的な復調にはほど遠い。しかし多くの雑誌は、一九六二年前半に掲載する広告の量が一九六一年の総量を上まわり、隕石落下以降、十年間にわたって進行してきた出稿減少に終止符が打たれると予想している。

レナードとフローレンスとの、議論……から二週間後のこと、梯子をすべりおり、厨房モジュールに入った。月曜朝のミーティングにそなえ、厨房のセッティングをするためだ。そのさい、ふたりに指摘されたとおり、当番表をじっくり眺めた。たしかにレナードが割りあてられているのは清掃と厨房当番だけだった。フローレンスの当番は、清掃、洗濯、厨房、通信。すくなくとも彼女は、専門分野を活かせる仕事を割りふられているようだ。しかし驚いたことに、ミーティング時のコーヒーを淹《い》れる係に割りあてられている男は、ただのひとりもいなかった。

ミッション管制センターが用意してくれていたクリスマス・オーナメントはいまもまだ飾られたままだ。壁の上のほうで逆アーチを描く銀モールも張られたままになっている。一角に置かれた電気燭台には七個の電球が灯《とも》っていた。本物の蠟燭《ろうそく》と同じとはいかないが、代わりがあるだけでもありがたい。

パーカーはもう厨房にきていて、ホワイトボードの一枚に議題を書きこんでいた。例によって、かっちりとして角張った字だ。入っていったわたしに気づくと、パーカーは用心深い態度でうなずき、それまでとまったく同じ間隔をあけて次行を書きはじめた。わたしもこの仕事についてから、黒板に板書したことは数えきれないほどある。そのわたしから見ても、パーカーの筆致はいやになるほどきっちりしていた。

「どうしてそんなにきちんと板書ができるの？」

たずねながら、戸棚の扉を開き、挽いたコーヒー粉のパックを取りだす。

「テスト・パイロットだからな」

パーカーは答え、つぎの議題を書こうとしてクリップボードに視線を落とした。

「意味がわからないんだけど」

「錐揉《きりも》みから脱するために機を立てなおしつつ、太腿に結わえたクリップボードに報告を書く。それをくりかえした成果だ」そこでパーカーは、マーカーの先でホワイトボードを軽くつついて、「これは揺れることもない」

「ふうん」きのう抽出したコーヒーの飲み残しを資源再生機に捨てて、わたしはいった。

「認めるわ、そんなケース、考えたこともなかった」

「だから、それだ。きみはなにごとにつけ――」

「――考えが足りない」パーカーと声をそろえて、わたしはいいおえた。

パーカーがクリップボードから顔をあげ、苦笑を漏らした。一瞬、片頬を歪めた、例の笑みを浮かべたような気がして――こんなことをいうのは恥ずかしいかぎりだが――もういちどほほえんでほしいと思ってしまった。パーカーの機嫌をよくしておく方法さえ見つかれば、これからの旅はずっと楽になる。

電気燭台の光を見つめながら、わたしはコーヒーポットの内側をぬぐった。

「ねえ、パーカー……あなたにあやまらなきゃって、ずっと思っていたの」

わたしはパーカーに背を向けたまま、コーヒーポットを所定の位置に戻した。背後ではただマーカーだけが、ホワイトボードにきゅっきゅっと音を立てている。返事はなかった。当然だ。反応すらしないのもむりはない。わたしはためいきをつき、かぶりをふりふり、コーヒーメーカーから使用済みフィルターを取りだした。

自分はなぜ、この人物との反目に終止符を打とうと思ったのだろう。わからない。

「……なににについてだ？」

驚きのあまり、勢いよくふりむいてしまい、コリオリの力でバランスが崩れ、あわててカウンターにしがみついた。その結果、コーヒーの抽出滓《かす》をステンレスの上にぶちまけてしまい、床にまでこぼす始末となった。

「やだ、もう」

「なにはともあれ」パーカーはクリップボードから顔をあげた。「手伝うか？」

「だいじょうぶよ。ありがとう。わたしが馬鹿なだけ」粉の残るフィルターを生ゴミ処理機に放りこみ、布巾《ふきん》の一枚を手にとる。「でも、馬鹿なことはもう知ってるわよね」

「ヨーク」パーカーは嘆息し、クリップボードを下におろした。「きみはいろいろと不徳だらけだ。しかし、けっして馬鹿だとは思っていない」

「すくなくとも、正直ではあるのね」わたしは床にこぼれたコーヒー滓を掃き集め、上から布巾をかぶせてすくいとろうとした。そこでやっと、遅まきながら気がついた。いまのひとことは、パーカーの口から出たことを思えば、むしろ讃辞ですらあるのではないか？　すくなくとも、讃辞にちかいものだ。パーカーはわたしのことを馬鹿だとは思っていない。もうひとつためいきをつき、わたしは床にしゃがみこんだ。「奥さんのこと、申しわけなかったと思ってる。その……勝手な思いこみをして、あなたのことも、いろいろなものも傷つけてしまって」

「妻のことには二度と触れるなといったはずだぞ」

「わたしは――」パーカーの声の冷たさに、ことばを失った。「そうね。ごめんなさい。わたしはただ、あやまりたかっただけ。もう二度と話題には出さないわ」

どうしてまた、この件を持ちだそうとしたのだろう？　わたしはコーヒー滓を集めた布を丸めると、そうっと脚を伸ばし、立ちあがった。コーヒーメーカーのセットがすんだら厨房を出て、ミーティングまでどこかにいっていよう。そう思いながら、布巾のきれいな隅を使い、カウンターにこぼれた滓を掃きとった。

おりしも、背後でパーカーがベンチを引きだした。金属の足がキッチンの床にこすれて金属的な音を立てた。パーカーはためいきをつき、ベンチに腰を落とすと、カタンと音を立ててクリップボードをテーブルに置いた。

「すまんな。助かる」

今回は、急にふりむいたりはしなかった。というよりも、まったくふりむかなかった。布巾に意識を集中し、布を広げて、抽出滓を生ゴミ処理機に落とす。泣きださないようにするためには、唇の内側をかまねばならなかった。なんということだろう。泣きたいという事実が腹だたしくてしかたない。あれほどいやな思いをさせられてきた男に、ちょっとやさしいことばをかけられただけで、こうもたやすく泣きそうになってしまうなんて。

「どうすればあなたに憎まれずにすむのかしら」

「憎んでは――いや、そんな時期もあったか。ずいぶん長いあいだ、そうだった。しかし、もう憎んではいない。神に誓ってほんとうだ。きみを憎んではいない」

布巾を四つに折りたたむには、ありったけの注意力を必要とした。角を伸ばそうとして、粗い綿布が親指にあたった。

「でも、わたしのことはきらいなのよね」

「それはおたがいさまだろう?」パーカーは咳ばらいをした。「ではきくが。どうすればきみに憎まれずにすむ?」

「クソ野郎でなくなることかしら」

パーカーは噴きだした。

「すまんな、スイートハート。そこは筋金入りだ。しかし、きみが繊細な花であることは心にとどめおくとしよう」

「それよ！」わたしは布巾をカウンターにたたきつけ、パーカーに向きなおった。「そういうところなの、わたしがいってるのは」

パーカーは啞然《あぜん》とした顔になった。口が半開きになっている。二度、まばたきしてから、口を閉じようとして失敗し、また試みた。

「いまのはジョークだぞ」

「ジョークには聞こえなかった。そんな印象はまったく持てない」

パーカーは両手をふりあげた。

「いったいなんだというんだ。きみの印象にまで責任は持てん。こちらはジョークとしていったんだ」

「女性に向かって、おまえはなにをするにも繊細すぎる——そういうことのどこがおもしろいの？　わたしたちはずっと前から、みんなに——男たちに——そういわれつづけて、女の領分とやらに閉じこめられてきたわ。いまの言いぐさは、ジョークではなくて侮辱なのよ」

「そういう口で人のことをクソ野郎というのか」

「だって、そのとおりじゃないの」この時点で、わたしの両手は怒りでわななきはじめていた。「ただし、これはジョークなんかじゃないわ」

「ジョークにはユーモアの感覚が必要だからな」パーカーはクリップボードを手にとり、ベンチから立ちあがった。「謝罪に感謝する。一生の宝にしよう」

ホワイトボードに大股で歩みよるパーカーの背後で、わたしはぎゅっとまぶたを閉じた。わたしは大馬鹿だ。掛け値なしの。

フローレンスが昇降シャフトの梯子をすべりおりてくるころには、わたしはコーヒーを淹れおえて、一見、落ちついて見える状態になっていた。といっても、それは表面的なものにすぎない。いっぽう、チームメイトはみな上機嫌だった。フローレンスは梯子段から勢いよく手を離し、頭の上に出力紙の束をかかげると、厨房に向かってひらひらと振ってみせた。

「これ見て、けさの新聞！」

「新聞を見て、いい思いをした例《ためし》がないものでね」

「ところが、これはいいニュースなのよ、大ニュース」フローレンスは紙を持っていないほうの手で、架空のヘッドラインを書きだすしぐさをした。「第一面にでかでかと、こう。〈マーティン・ルーサー・キング博士、ノーベル平和賞を受賞〉」

「すごいじゃない《マーゼル・トーヴ》」わたしは思わず手を打った。「こんなにうれしいことはないわ、とうとう博士の功績が認められたのね」

「たいしたものだ」パーカーがホワイトボードのそばの席を離れ、フローレンスの背後に立ち、肩ごしに出力紙を覗きこんだ。「はじめてか？」

〝はじめて〟の意味を問おうともせず、フローレンスは首を左右にふった。わたしでさえ、パーカーの意図はわかる。それに、きいてくれてよかった。わたしも同じことは思ったが、それを口に出せば、キング博士の受賞理由を人種の次元に貶めてしまうことになるからだ。そう思う反面、興味はあった。

「ちがうわよ。最初はラルフ・ジョンスン・バンチだったわ」フローレンスは出力紙の半分をパーカーにわたした。「エルマ、こっちはあなたあての手紙。誓って中身は読んでないけど、だんなにいっといて、こんな甘ったるい手紙を送ってこられたら、わたしのテレタイプ、調子がおかしくなっちゃうって」

「それなのに、中身は読んでいないというのね？」

わたしは頬を赤らめたものの、手わたされた出力紙を見るなり、たちまち恥ずかしさは消えた。フローレンスは〝ゴミ〟の部分をきれいに切りとり、本文だけを残していたのだ。たしかに合理的ではある。しかし、その〝ゴミ〟はつねに、夫からの手紙の主要部分を占めているのだ。とはいえ、これがナサニエルからの手紙であることに変わりはなかった。わたしは出力紙をテーブルに持っていき、席につくと、ほかのチームメイトたちがくるのを待つあいだ、手紙を読んだ。

　愛しいエルマ

　早く新しいアパートメントを見せたくてしかたがないよ。ご希望どおり、緑に面してる。具体的には、中庭があって、そこにリンゴとアザレアの樹々が植えてあるし、イボタノキの生垣もある。ぼくらの寝室は一階にあって、樹々の真ん前だから、カーテンをあけっぱなしにしていても外から覗かれることはない。ここの朝の光を見てもらう日を楽しみにしてる。

この程度で甘ったるいというの？　ゴミの部分を読んだら、きっと腰を抜かすわ。

おりしも、カーミラが梯子をすべりおり、厨房に入ってきた。エクササイズ・モジュールに通じる通路からは、テラサスとハファエウがジョギングでやってきた。

おねだりをする小さな子供のような手つきで、カーミラはふらふらとカウンターに近づいてくるなり、ひとこと、こういった。

「コーヒー」

フローレンスがコップの縁ごしにカーミラを見やって、

「コーヒーは毒だっていったの、あんたじゃなかったっけ？」

「コーヒーの切れた状態がいちばん毒なのよ、わたしには」

カーミラは小さくうめきながら、湯気の立つコーヒーをカップについだ。

苦笑しながら、パーカーがたずねた。

「フラナリーはどこだ？」

「ここだよ」レナードもシャフトを降りて厨房に入ってきた。「すまない。科学していたものでね」

「たしかに英語は母国語じゃないが」テラサスがレナードに問いかけつつ、ベンチをまたいですわり、長身の背を丸めてコーヒーカップにかがみこんだ。「〝科学する〟なんて表現、ありなのかい？」

「ありだとも」レナードはコーヒーメーカーのもとへ直行した。「きみのために活用形を披露してみせようか」

パーカーはホワイトボードに向きなおり、議題のとなりに手早く活用を書きだした。

〝わたしが科学する《アイ・サイエンス》〟

〝あなたが科学する《ユー・サイエンス》〟

〝彼／彼女／それが科学する《ヒー／シー／イト・サィエンシーズ》〟

ところが、議題と並列して書いたため、それぞれの活用例と議題がたまたまつながって、各々がひとつの文章になってしまった。わたしは思わず笑い声をあげ、ホワイトボードを指さして読みあげた。

「わたしが当番表を科学する。あなたが火星を科学する。彼／彼女／それがゴミの処分を科学する」

「不正確だな、ヨーク」パーカーは親指で自分を指し示して、「この、〝わたしが当番表を科学する〟んだ。当番表によれば、きみは……厨房を科学する番か」

フローレンスが手をたたいておもしろがった。

「いいわね、それ。エルマが厨房を科学するところを見てみたいわ。チェスパイでも科学するわけ？」

「喜んでチェスパイを科学してみせましょう」

わたしはそういって敬礼してみせた。それと同時に、かすかだが、ぞくぞくする快感が背筋を駆けぬけていくのを感じた。わたしは南部人？　ええ、もちろん。わたしのチェスパイを誉めてくれる人には、宇宙が滅びるまでパイを焼きつづけてあげましょう。

「それはそれとして」パーカーがにやりと笑って、「並行して中間点での軌道修正計算も科学してほしいものだな」

そこでいったん、ことばを切り、パーカーはテーブル全体を見まわした。

「テラサスとアヴェリーノには働き蜂《ビジービー》の酸素ユニットとシステムチェックを科学してもらおう。シャモウン、きみはこの船と〈ピンタ〉の水再処理を科学してくれ」なおもにやにやしながら、パーカーはチェックリストの確認をつづけた。「フラナリー、きみは廃棄物処理の科学を。グレイは洗濯と通信の科学をたのむ」

不思議なものである。たったの一語で、ものの見方が大きく変わってしまうのだから。たしかに、レナードとフローレンスは、自分たちに掃除当番しかまわってこないと不満をかこっていた。しかし、〝科学〟という単語をすべりこませるだけで、レナードが掃除以外の仕事を割りふられていないことが明確になった。研究者としての仕事はすべて余暇に行なわれているものだからだ。

それを指摘しようとして口を開きはしたが、ジョークだと一蹴されることは容易に予想がついた。臆病なわたしは、このとき、パーカーに蔑《さげす》まれる覚悟をするだけのエネルギーを失っていたのである。

レナードとフローレンスからは、この件に口を出すなといわれている。だが、このときことばを呑みこんだ主因は、ふたりにいわれたからというよりも、臆病さと精神的疲労にあった。

わたしは口を閉じ、すこしうなだれてベンチにすわりつづけた。おりしも、テーブルの向こうでハファエウがテラサスをひじでこづいた。テラサスは居ずまいを正し、咳ばらいをしてパーカーに切りだした。

「酸素ユニットのチェックなんだが、レナードと交替してもらってもいいかな？」そこで軽く、自分の鼻をつついて、「どうも鼻の調子が悪くてね。といって、マスクをつけると作業しづらいし」

パーカーはクリップボードを下におろして、

「働き蜂で作業するのに問題はあるまい？　ゼロG環境だぞ？」

「それはそうなんだけどさ」テラサスはカーミラをちらと見た。カーミラはまだコーヒーカップを両手で持って慈《いつく》しんでいる。「その……レナードは酸素ユニットをチェックする訓練を積んではいるが、働き蜂のユニットをチェックしたことはないから、このさい……

交替するのは簡単だろう？　レナードさえいやじゃなければだが」

「ぼくはかまわないよ」

　レナードは控えめにうなずいた。いまにも相好を崩しそうになっているのがはた目にもよくわかった。

　パーカーは三人の男を順ぐりに見ていき、クリップボードに視線を落とした。それから咳ばらいをして、

「だめだ」といった。クリップボードを脇におき、前に身を乗りだして、テーブルに体重をかける。「なぜなら、火星に着くそのときまで、ミッション管制センターにはフラナリーがこの船にいることを忘れていてほしいからだ。火星に着けば、かならずフラナリーの技術が必要になる。それより前の時点で万一なにかミスがあり、その原因がフラナリーであった場合、どうする？　ミッション管制センターからどのような指示がくると思う？」

「おいおい」テラサスがかぶりをふった。「ミスならだれだってするぜ」

　レナードの顔からは笑みの気配が消えていた。それとともに、室内にただよっていた明るい雰囲気も消えうせた。

「仕事らしい仕事は、いっさいやらせてもらえないんだな」レナードはためいきをついた。

「もうゴミの廃棄にはあきあきなんだがね」

パーカーはテーブルから身を引き、かぶりをふった。

「酸素システムの管理に関していえば、きみはテラサスより優秀だ。それはちゃんと承知している」

パーカーは嘆息し、短く刈った髪を片手で梳《す》きあげ、後頭部の禿げた部分で手をとめた。

「しかし、すまん。ここはミッション管制センターの当番表どおりにいく」

23

火星まで道なかば

ザ・ナショナル・タイムズ特電

［一九六三年三月二十八日］　技術上と科学上の驚異が密接にからみあい、ひしめいているこの時代にあってさえ、昨日、第一次火星探険隊から送られてきたテレタイプは格別の意味を持つものだった。探険船団は、われらが姉妹惑星までの里程をおおむね半分がた踏破したのである。搭乗する宇宙飛行士たちは、当該空域を初めて航行した先駆者だ。人類が知るかぎり、そこにはいまだかつて、いかなる生命も存在したことがない。人間という生物は、この惑星の特殊な条件——重力、大気組成、地球の海と陸の性質などにより、何百万年もかけて築きあげられた進化の産物といえる。宇宙では重力は微小でいわゆる無重量状態となり、呼吸する酸素もなく、歩む大地もなけ

れば、泳ぐ水域もない。にもかかわらず、宇宙飛行士たちはこの苛酷な環境で生存し、務めを果たすことができる。彼らの乗り組む宇宙船が、この惑星の重要な環境要素を再現する〝繭〟の役割を担っているからだ。今日《こんにち》、シカゴやロンドン、トーキョーへ出発する旅客機のように、そう遠くない将来、宇宙旅客船が火星に向けて毎日発進する光景はあたりまえのものとなるだろう。いまの若い世代にはそこまで見届けられる者も多いにちがいない。そんな時代になれば、現在、一夜で大西洋を横断できるのが当然でだれも注目しないように、それほどの奇跡に対しても、人類はもはや注目しなくなっているだろう。しかし、火星への初めての旅が現在進行形であるいまこのとき——勇敢な宇宙飛行士たちが、いかなる人間もまだ行なったことのない偉業を打ち立て、だれも見たこともない光景を見ているいまこのとき——センス・オブ・ワンダーに打ち震えて現況を見まもってはいない人間がいるとしたら、それはよほど感性の鈍いご仁といわざるをえまい。

船橋《ブリッジ》で自分の座席に固定されたわたしは、宇宙空間をじっと凝視していた。あたかも中間点にマーカーでしるしでもつけられているかのように——地球からも火星からも、ちょうど一六〇日の中間点には、黄金の門やそのたぐいの荘厳な目印でもあるかのように。じっさいには、宇宙空間にはなにもなく、手元には地球からのデータ出力紙と六分儀があるのみだ。

パーカーは右手の操縦桿を可動範囲に合わせて段階的に動かし、精度の微調整を行なっていた。精密な作業にともない、意志の強そうなあごに力が入っているのが見える。

「本船の航法状態更新のため、測位データがほしい」

「地球と基準星との望遠鏡《トラニオン》測定角度決定まで、一秒ちょうだい」

この三カ月のうちに、クルー間の緊張は背景輻射《ふくしゃ》程度までに収まっており、いざ仕事に入ると、それすらも完全に消えてしまう。それはわたしにとってささやかな福音だった。ミッション管制センターに指定された恒星を基に、六分儀で宇宙船の測位を行なう。天に散らばる光点のひとつひとつは、この旅のあいだにすっかり見慣れたものになっていた。もう〝弧を描け《アーク・トゥ》、牛飼座α星《アークトゥルス》に〟や〝急げよ《スピード・オン・トゥ》、乙女座α星《スピカ》へ〟などの語呂合わせにたよる必要はない。青白色のスピカは、またたくことなくわたしを見つめている。

スピカとの角度を確認して、トラニオン角度を二度分修正し、二回めの天測にかかった。二回の測位同士の誤差は〇・〇〇三度以内でなくてはならない。そのあとで、ミッション管制センターが送ってきたデータの出力を参照した。

予想された数値はわたしの計測結果とぴったり一致した。

「要求される船体姿勢は、横転《ロール》方向八・三七、上下《ピッチ》方向六一・三三、左右《ヨー》方向三三九・八七」

「確認した、横転《ロール》方向八・三七、上下《ピッチ》方向六一・三三、左右《ヨー》方向三三九・八七」

パーカーはそこでことばを切り、呼びかけと応答の連禱《れんとう》を一時中断した。

一拍おいて通信モジュールのフローレンスから、インターカム経由の応答が届いた。

「確認した、横転《ロール》方向八・三七、上下《ピッチ》方向六一・三三、左右《ヨー》方向三三九・八七」

フローレンスは船内のすべてのやりとりをテレタイプで入力し、地球に送信している。通信遅延があるので、事実上は船内だけの判断で船を動かしているが、それでもミッション管制センターは、すべてをダブルチェックしたがるのだ。

軌道制御の噴射にそなえて準備をつづけながら、パーカーがいった。

「観測を継続し、全修正値を報告してくれ、ヨーク」

「オーケー。主推進システム《SPS》／誘導&航法《GN》、六三〇五九。プラス〇・九七、マイナス〇・二〇」一連の数値と用語を矢継ぎ早に報告するかたわら、脳の一部は用語のややこしさを笑っていた。「点火時の地上経過時間《GET》026：44：57・92、プラス〇〇一一・八、マイナス〇〇〇・三、プラス〇〇一七・七。横転《ロール》方向ほか、二七七、三五五、〇一五。速度変化量《デルタV》

T、〇〇二一・三、〇〇：三、〇〇一六・八」
　わたしの仕事は〈ニーニャ〉の各速度要素だけではなく、地球に対する現在の垂直角と水平角を弾きだすことだ。航行の後半では火星を基準点に使うことになる。

　パーカーとテラサスは、各自の記録紙に数値を書きとめては、そのつどコントロールパネルのスイッチを入れていた。フローレンスは長い数値と用語の連禱を復唱し、入力に余念がない。三人の対応が追いつくようにと、わたしはいったん報告をとめた。

　その間に、〈ピンタ〉との通信ラインから問い合わせが入った。表示を見ると航計士席からだ。宇宙空間を越えて、スイス式のドイツ語訛りでハイディがたずねてきたのは、こんな内容だった。

「〈ニーニャ〉、測位に使った恒星は？」

「ジャイロ表示カプラー《GDC》の基準はヴェガとデネブよ。そちらは？」

「ミッション管制センターの推奨基準はそれなんだけど、なかなか見つけられなくて」

　わたしはうなずいた。つい最近、恒星の測定に難渋した経験がある。あの経験を活かせるのがありがたい。これならアドバイスできる。

「六分儀測定《シャフト》角度とトラニオン角度は？」

「シャフト角度が三三一・二、トラニオン角度が三五・八五。ヴェガは見えているけれど、デネブが見つけられないの」

　わたしは身を乗りだし、舷窓から〈ピンタ〉を眺めやった。星の海を背に〈ピンタ〉が太陽光を浴びて輝いている。〈ニーニャ〉と同様、司令モジュールは軌道の内側方向、つまりわたしたちのほうを向いており、〈サンタマリア〉は双方の中間・後方に見えていた。〈ピンタ〉の問題がどこにあるかはひと目でわかった。現状ではミッション管制センターの指示どおりにはできないだろう。

「横転《ロール》方向に調整しないといけないようね。でなければ測位に使う恒星を変えるか。そちらは〈サンタマリア〉の陰になっているのよ」

　一拍おいて、ハイディから通信がきた。この取りすましたように冷静なしゃべりかたは、宇宙飛行士ならわかる。いったんマイクをオフにし、自分自身をののしったのだ。

「ありがとう、〈ニーニャ〉。〈サンタマリア〉が見えなかったので」

「そちらの角度からだと〈サンタマリア〉の影の面しか見えないから。実質的に見えないわね」

　側面からはパーカーとテラサスの視線が感じられた。わたしとハイディとの交信中は、どちらも口をはさまなかったものの、パーカーはじれったそうに指を曲げ伸ばししていた。パーカーにはまだ報告すべき数値が残っているのだ。わたしはマイクのスイッチを切り、ふたりに顔を向けた。

「横転《ロール》方向ほか、〇〇七、一四四、〇六八」

操作しながら、パーカーは前部窓の外を眺めやった。

「この噴射によって、船首がほぼ地球の方向を向くことになる」

パーカーがすべての準備を完了したいま、クルーはただ待つだけだ。時間遅延があるにもかかわらず、わたしの計測値はミッション管制センターの検証を受けなければならない。センターからのゴーサインが出てはじめて、パーカーはエンジンを噴かせるようになる。〈ピンタ〉でも状況は同じだろうが、担当する宇宙船通信担当《CAPCOM》がちがうし、計算者と計算機も異なる。


いまミッション管制センターに詰めているのはだれだろう？　いまごろは計算者のチームがせっせと計算しているにちがいない。たぶん、キャサリン・ジョンスンと、むかしの同僚、バシーラだ。ヘレンはまだ宇宙飛行士チーム所属なので、今回の計算に加わってはいないだろうが、ミッション管制センターにいてようすを見まもってはいるかもしれない。火星船はあえて見ないようにしている可能性もあるが。

ナサニエルは確実にいるはずだ。わたしは舷窓へと顔を近づけた。そうすれば、窓からナサニエルの姿が見えるかのように。だが、舷窓の外からは、苛酷な宇宙《そら》がまたたかない星々の目で見つめ返しているばかり――。

そのとき、フローレンスの声が司令モジュールに流れた。

「ミッション管制センターより連絡あり。〃〈ニーニャ〉、中間点での修正噴射を認める。噴射を実行されたい、航行の安全を祈る〃」

パーカーはうなずき、両手で操縦桿を握った。まるで緊張しているかのように、ふっと短く息を吐きだす。見ているわたしも緊張で息が詰まりそうになっている。

パーカーはいった。

「テラサス、二一秒間の噴射を行なう旨、クルーに通達」

「了解」テラサスはマイクをとると、急に『バック・ロジャーズ』のナレーションを思わせる声になり、船内に伝えた。「レディス・アンド・ジェントルメン、この世紀の瞬間、ステットスン・パーカー船長とその恐れを知らぬ乗組員は、二一秒間の噴射《バーン》にそなえて身体を固定することになります。火急《バーニング》の問題は、全乗組員が身体固定を命じられているにもかかわらず、固定がすんでいないかもしれないことです。そのあいだにも、〃点火〃に向けて、船長はそろそろとあそこへ指を這わせています。ああ、指が近づいていく。ますます近づいていく――」

「道化者《パジャッソ》め」パーカーはかぶりをふったが、顔は笑っていた。「点火用意、5、4、3、

2、1——点火」

〈ニーニャ〉が振動しだした。1、2、3、4、5、6……エンジンの低い轟きが、船の金属、プラスティック、ファイバーグラス、そのすべてを打ち震わせている……10、11、12、13……星々が予定どおりのタイミングで横転《ロール》方向に旋回していき、わたしは関節が白くなるほど強く六角形のシャープペンシルを握りしめた……16、17……メインエンジンがからだを前に押しやるにつれ、尻が座席に押しつけられる……18、19、20、21。

唐突に、静寂が降りた。エンジンが噴射を停止したのだ。からだが浮きあがり、肩がストラップに食いこんだ。パーカーが操縦桿から手を放す。

「報告せよ」

テラサスが大きなコントロールパネルの速度計と、相対位置の表示計に目をやった。

「どんぴしゃだ」

パーカーは吐息をつき、首をうしろに向け、ほほえみを浮かべた。

「上を見てみろ」

漆黒の海に、ぽつんとひとつ、微小な青い粒が浮かんでいた。あの小さな粒のどこかで夫が待っている……一五分後に通信が届き、万事順調であると知る瞬間を。

中間点を越えると、船内活動のなにかが変化すると思うかもしれない。じっさいには、それまでと代わり映えはしない。当番表の割りふりで責任範囲は変わるが、船外の宇宙はあいもかわらず漆黒のままだ。今週、まわってきたのは、わたしの大好きな仕事——菜園モジュール当番だった。ああ、厨房当番も好きよ？　でも、緑に囲まれて潤いのある空気の中にいると、血液中の緊張が流れだしていくのがわかるの。

　ラディッシュ区画のひとつにしゃがみこんで、小さな赤い根菜を土から引っこぬいた。糸状の白いひげ根にからみつく細かい土壌から土の香りが立ち昇る。わたしはラディッシュを軽くはたき、土を地面に戻した。土いじりをすれば爪の隙間に土が入りこみ、指先が真っ黒になる。以前なら、これで土いじりがいやになっていただろう。

　カーミラはモジュールのまんなかにある作業台の上で両脚を伸ばし、ひざの上に本を載せていた。

「ねえ？　このあと、ちょっと相談に乗ってもらえるかしら」

「いいけど。なについて？」

「レーズンを絞るんだけど、参考意見を聞かせてもらえればと思ってね」そういって、カーミラは両手を上にあげ、伸びをした。「この手の作業、前にも経験があるでしょう？」

　わたしは人差し指を立てた。土がついていた。

「ははあん。レーズン・ワインを造ったのはマートルよ？　わたしは試作品のお相伴にあずかっただけ」

「それでもよ。レーズン・ワイン造りにいちばん近いところにいたわけで」

「するんじゃなかったわ、この話」あのすっぱくて強烈なワインの味を思いだしただけで、鼻にしわが寄った。「マートルのレーズン・ワインはすごいしろものだったわよ。あれではただのアルコール。とても飲めたものじゃなかったわ」

「今回は医療用だから、味は二の次。ムスリムには飲めないけれど、みんなには必要なときもあるでしょう。ただね……わたしには、マートルが持っていなかった秘密兵器があるの」

　つぎのラディッシュを籠に入れてから、手をとめてカーミラを見やった。とりすましたその顔に、どこかほくそえんでいるような表情がほの見えた。口もとを引き締めて、両の眉を吊りあげてはいるが……。

「秘密兵器？」

「実験室よ。決め手は蒸留器」

「というと……ワインを蒸留して、もっとひどいものにするの？」

　月面でレーズン・ワインを蒸留して造ったブランデーは……チャレンジングとしかいい

ようがない出来だった。

　カーミラはかぶりをふり、本を閉じて両脚を床におろした。

「蒸留ができるなら、ウォトカも造れるわ。それに、スパイスの引き出しには杜松実《ジュニパーベリー》も入ってるでしょう？　柑橘類エッセンスのストックも」

　わたしはカーミラの意図がわからず、まじまじと顔を見つめた。

「つまりね……ジンを作れるの」

　口からひとりでに笑いがこぼれた。ジン。この船にオリーブは積んであったかしら。

「カーミラ、あなた、天才だわ、こんなこと――」

「ちょっと！　なによ、これ、ヨーク！」まさにそのときだった――フローレンスが足どりも荒く、菜園モジュールに踏みこんできたのは。手には出力紙の束を持っている。「あんたのこと、せっかく気に入りかけてたのに。きつく当たって悪いことしたと思いはじめてたくらいだったのに。こんな卑怯者だったなんて」

　わたしの手からラディッシュが落ちた。落ちたラディッシュは一段高くなった栽培棚にぶつかって跳ね返り、通路を転がっていった。心臓が縮みあがっている。

「どういうこと？」

「これ！」

フローレンスが出力紙の束を勢いよく振った。その拍子に、紙がラディッシュに当たり、青々と茂る葉が何本か折れた。

カーミラが飛びあがり、声を荒らげた。

「なんてことするのよ！」

この反応は当然だ。カーミラが心配なのはラディッシュのことであって、わたしを弁護しようとしていない。わたしはちゃんと呼吸できるよう、つばを飲み、咳ばらいをしようとした。フローレンスはすぐ前に立っている。あんなにぎりぎり歯嚙みしていては痛いんじゃないかと思えるほどだ。まるでレーザーの赤い光点に狙われているかのようだった。

……3・14159……

フローレンスが振った出力紙に視線を落とす。彼女の顔に浮かぶ憎悪を見たくなかったからである。出力紙はナサニエルからの手紙だった。それを見たとたん、肺を肋骨できりきりと締めつけられるような感触をおぼえた。ゴミデータの部分には下線が引いてある。解読されたのだ。

……265358979……

「わたしは――」

肺の圧迫感で息がしにくい。息苦しさを解消しようとして咳が出た。それで肺の空気が吐きだされたため、あえぐように空気をむさぼった。

カーミラがフローレンスの横をかすめて歩みよってくると、わたしの腕をつかんだ。

「エルマ。呼吸なさい。ゆっくりと。数を数えて。1、2、3、はい、とめて――」

「甘やかしちゃだめだって」フローレンスが紙の束をつきつけた。「こいつはスパイしてたんだよ。暗号メッセージを送ってたんだよ」

カーミラがあきれた声を出した。

「もうそのへんで。パーカーの厨房当番には耐えがたいと密告したとでもいうの？」

フローレンスは出力紙を手元にもどし、読みあげた。

「〝当番表に関するきみの懸念はわかる。ただ、ミッション管制センターにはいまの形で役割を割りふる理由がいろいろあるんだ。こっちの状況がどれほどひどいか、きみは知らないだろう。きみが知らずにすんでいることと自体は喜ばしいがね。そちらの士気を維持するために、こちらから送るのは可能なかぎり明るいニュースだけに絞っている。信じてほしい、ぼくは――〟」

わたしは出力紙をひったくった。くしゃくしゃになるのもかまわず、胸に抱きしめる。

「私信よ、これは」

「このミッションで、あんたがほんとに請け負ってる役割はなんなのさ」

フローレンスがずいと詰めよってきた。わたしはあとずさった。

カーミラがわたしの腕を放した。その手は幽霊の腕でもつかんでいるかのように、まだ伸ばしたままになっている。わたしの心臓は激しく乱れ、胸郭を乱打しており、その振動が紙にも伝わっていた。左右に首をふる。

「これはただの……わたしたちがつながるための手紙……あのひとは夫なのよ。ナサニエルに会えなくてさみしい。それだけのこと」

「相手は統括エンジニアなのよ！」フローレンスは手近の土に指をつっこんだ。「船内の反目のこと、わたしたちが指示に怒っていること、そんな話を統括エンジニアにこぼして、上層部に伝わらないとでも思ってるの？」

「そんなんじゃ――」自分の不安を知られていたことに安堵したのは、生まれてはじめてだった。それは説明のとっかかりを与えてくれる。「もとはといえば、不安なのよ。ナサニエルは――ナサニエルは安全弁なの。それ以外のなにものでもないわ」

「いまはもう問題ないといわなかったっけ？　じっさい、どっちなのよ、ヨーク。あんたは心身ともに健康で、とくに理由もなく暗号メッセージを送ってたの？　それとも、安心毛布にしがみついている神経症患者？」

ひざががくがく笑いだした。植物育成棚につかまり、からだを支える。カーミラを見た。

助け船を出してくれるかもしれないと思ったからだが、カーミラは眉根を寄せており——知らない人間を見る目つきでわたしを凝視していた。

「わたしはミッション管制センターに送りこまれてきたわけじゃないわ——いえ、選ばれはしたけれど、スパイとして送りこまれたわけじゃない。ナサニエルも、いっさい秘密を漏らしてはいない」

「へえ、そう」フローレンスは土から手を抜き、腕組みをした。青いフライトスーツが土で汚れた。「だったら、なんでニュースの検閲なんてしだしたのさ」

「検閲？」

「〝送るのは可能なかぎり明るいニュースだけに絞っている〟。気づいてないの？　このところ、送られてくるのは天気と日照のニュースばかり。これが偶然だとでもいう気？」

「わたしには……」胸に抱いた出力紙を見おろした。「わからない」

じっさいには、わかっていた。当然、ナサニエルは事態を改善しようと試みただろう。わたしの安全を確保するためなら、この船の全員を犠牲にすることだっていとわない——そんなことをいっていなかった？　そしてわたしは、船内の緊張が高まっている、とあのひとに伝えなかった？　届くのはクルーあての手紙だけでいいのに、というようなことをいわなかった？

ナサニエルのことだから、秘密だといわれたことは、絶対だれにも明かさない。それでも、わたしの力になろうとはしてくれただろう。わたしが船内で試みたのと同じように。そして、わたしと同じく、すべてを悪化させてしまったのだ。

24

一九六三年四月九日

愛するエルマ

すまない、今後、やりとりはすべて〝公にしないといけない〟ことになった。ついさっき、クレマンス本部長と非常に興味深いミーティングを持ったんだが、心やさしい彼から、そうするのがいちばんいいとほのめかされたんだ。その内容については、あまりくわしく書けない。

アパートメントは快適だ。たまにしか帰らないが、申し分なく居心地がいい。ニコールが月面から帰ってきていてね。二カ月ほど地球にいるというんで、うちに内装の仕上げを手伝いにきてくれた。ニコールとマートルは、きみが帰ってきたときに居心地のいい家にしておこうと決めたらしい。男のひとり暮らしに蛆《ウジ》が湧くのが心配なんだろう。パントリーのありさまを見たマートルから、こってり絞られたよ。目に見えるようだろう？　もっとも、正直な話、ぼくが毎朝食べるのは、なにもつけないトーストだけなんだがな、きみも知っているとおり。

きみの留守中、ぼくの面倒を見ようと、だれもが固く心に誓ってるらしい。ハーシェルが過越《すぎこ》しの祭《まつり》のあいだは家にこいといってくれたが、どうしてもここを離れられないといったら、向こうからきてくれることになった。表向きはトミーの——いや、トーマスの——滞在にそなえて手伝いをする、という形でだがね。わざわざきてくれなくてもいいといったんだが——家族はやっぱり家族だな。そうだろう？

万事うまくいくと信じてる。

ありったけの愛をこめて
ナサニエル

夫への私信がどれほど大きな心の支えになっていたのかに気づいたのは、もう私信を送れなくなってからのことだった。おまけに、なにかがおかしかった。そしてナサニエルは、それがなにかをいってはくれない。ナサニエルとハーシェルはうまくやっているようだが、この時期にハーシェルがカンザスにくる理由がどこにあるのだろう。過越しの祭だというのに、家族のもとを離れることになるのだから。

　パーカーが咳ばらいをした。

「返信で伝えたいことはあるか？」

　パーカーに出力紙を投げつけたりはしなかった。白目を剝くでもなく、怒鳴りもしなかった。ただ厨房のテーブルに出力紙を置き、思わず背筋が冷たくなる視線――母のあの凝視をまねしようと努めた。

「これはほんとうに必要なことなの？　ミッション管制センターは、わたしが送るものをすべてチェックするのよ。たとえ暗号を組みこんでも、すぐに見つけられてしまうわ」

「命令にはしたがってもらう」パーカーはわたしを制するように両手をつきだした。「約束だ。わたしがいやならグレイに送信させてもいいが」

「あのひと、わたしをきらってるもの」

　パーカーは肩をすくめた。もちろん、この男にしてみれば、痛くもかゆくもないだろう。わたしがみんなにきらわれるのは、パーカーにとってはあたりまえのことなのだ。

「いまのところ、テレタイプを使う権限を認められているのは、グレイとわたししかいない。比較的いやでないのはどちらか……という話だな」

　テーブルの下では、両手をひざの上で握りしめている。爪が手の平に食いこんで痛い。

わなわなと手が震えているのは、状況の不当さに叫びだしたい気持ちを抑えるためだった。思うところを自由に口にできたなら、わたしはいっそう健康で生産的なチームメンバーになれていただろう。しかしそれは、どのメンバーにもいえることではないか？　みんなはわたしのことを怒っている。わたしが夫と私信を交わしていたからだ。とくに……なにについて？　セックスについて？　不安について？

ともあれ、どれについてであろうと、正当化の充分な理由にはならない。深呼吸しようとしたが、肋骨に圧迫されるようでうまくいかなかった。握りしめていた両手をむりやりこじあけ、手の平をひざに重ねる。

「メッセージを送るのなら、あなたのほうがいいわ」わたしのことばに驚いたと見えて、パーカーがのどの奥でうめき、両の眉を吊りあげた。むりもない――わたし自身も驚いたくらいだから。「あなたが他言することはないと信じてるもの」

そう認識したとたん、思わず心の中で居ずまいを正した。周知の事実についてなら、パーカーもあげつらうことはあるが、いまだかつて、この人物がわたしの不安を他言したことはない。宇宙計画から女性を締めだそうとしていたときでさえ、そうだった。

こくりとうなずいて、パーカーはクリップボードを差しだした。

「送信しおえたら、手紙は処分する。ミッション管制センターに知られるのはどうしようもないが、すくなくともこの船の中ではプライバシーがたもたれる」

「ありがとう」

わたしはクリップボードを受けとり、ボードにひもでつないであるシャープペンシルを手にとった。指のあいだでなめらかなボディをころがしながら、ボード上の紙に顔を近づける。おもむろに、メッセージを書きこんだ。

愛しいナサニエル

トラブルに巻きこんでしまってごめんなさい。でもうれしかったわ、マートルとニコールがアパートメントのことをいろいろ手伝ってくれてると聞いて。とくにパントリーをね。過越しの祭をひとりで過ごさないことになったのも朗報。朝は食欲がないって知っているけれど、母も含めてあらゆるドクターにいわせれば、一日のうちでいちばん大切な食事は朝食なのよ。ここからでは、あなたの食習慣を変えられないわ。それはわかってる。でも、やるだけやってみて。

わたしが悪しき食習慣を見過ごすとは思わないでほしいの。母はいつも――

シャープペンシルの先を紙にあてがったまま、つづきを書きあぐねた。ナサニエルは、いつも母から、あんな朝食ではからだを壊してしまう、と苦言を呈されていた。おまけにワーカホリックで、放っておくと、ときどき食事を取り忘れることもあった。いまの状態では、だれがナサニエルに仕事を切りあげさせ、家に帰らせているのだろう。だれが食事をとらせているのだろう。たぶん……マートルとニコールが気をつかってくれているとは思う。もっとも、ハーシェルがわざわざカンザスまでくるところを見ると、事態はかなり深刻なのかもしれない。わたしは下唇をかみ、それをどうたずねようかと思案した。

――母はいつもいっていたわ、食事の管理がよくないと潰瘍《かいよう》になってしまうわよって。ハーシェルがきてそんなことになっていたらたいへん。朝食のとき、母がトーストのほかにミルクを一杯飲ませようとしたこと、憶えているでしょう？　わたしのためにグラスをかかげてもらえないかしら。船に積んである粉ミルクなんて、新鮮なミルクとは似ても似つかないものでね。ミスター・ヨウダーのアーミッシュ・マーケットで売っていた絞りたてのミルク、あれをときどき夢に見るわ。

　このごろ見る夢は地球の鮮明な思い出ばかり。でも、とくに劇的な内容ではないわ。一杯のミルクを飲んだり、街角に立って路面電車が近づいてくるのを待っていたり、あなたのアフターシェーブの香りだったり。そんな夢ばかり。

そこでまた、ストップした。アフターシェーブのことを書きつづけていたら、髭を剃ったあとのナサニエルの肌がどれほどすべすべなのか、どれほど柔らかいか、首に鼻をすりつけたときのあごがどれほどあたたかいか、そんなことまで書きつらねてしまいそうだ。そういうことは、だれもが読める手紙には書けない。夢では前よりも頻繁にナサニエルが出てくる。ときには肉欲に直結する形で。だが、わたしはだいじょうぶと伝えるためには、こういった陳腐な夢を並べるのがせいいっぱいだった。

わたしは十全の精神状態にはない。怒っている。失意のどん底にある。当惑している。たしかに、このすべての状態ではあった。とはいえ、予想していたよりもましな状態だ。それに、怒りはつねに、不安から脱却する力を与えてくれる。

そういえば、生卵がなくても、なかなか上等なチョコレート・チェスパイを作れることがわかったの。もっとも、レモン・メレンゲなんて、夢のまた夢。つぎのミッションでは、ニワトリも何羽か乗せられるといいわね。

愛をこめて
エルマ

書きおえたとき、ためいきをついたのだろう。パーカーが読んでいた本から顔をあげて――フランス語の本だった――片眉を吊りあげた。

「だいじょうぶか？」

反射的に、きついことばを返しそうになり、息を吸った。だが、それ以前に、わたしを気づかってくれたことが意外で、いいかけていたことばを呑みこんだ。じっさいパーカーは、この件に関し、神経を逆なでることをいっさい口にしていない。

「失意のどん底よ」

「想像はつく」パーカーは本を閉じ、前に身を乗りだして、テーブルに両ひじをついた。「こんなことをいって、慰めになるかどうかわからんが、今回の暗号のようなやりかたを思いついた人間は、だれであれ、似たようなことをしていたと思う」

この話題を振られて、わたしの舌は凍りついた。はたして、これに応えてもだいじょうぶなのだろうか。わたしは唇を湿らせて、もっとも無難な答え方をした。

「ミッション管制センターに提案したほうがいいんじゃないかしら。こうした長旅の場合、夫婦同士は暗号化システムを使ってもいいことにしようって」

唇をすぼめて、パーカーはうなずいた。

「つぎの報告書で提言してみる」

「だったら、わたしに直接、ナサニエル宛ての手紙をテレタイプさせてくれてもよさそうなものでしょう。どのみち、ナサニエルが読むより先に、ミッション管制センターが目を通すだろうから」

「それを許容しない理由は、信じようと信じまいと、命令だからだ。たとえ承服しかねる内容であっても、命令は守る。それが仕事なのでな」

「命令に違反して、カーミラとわたしを〈ピンタ〉へいかせたのに？」

「あれは――」パーカーは薄くなった頭髪を両手で梳《す》きあげた。「とにかく……この件は早々に収拾がつく可能性が高い。いまは頭を低くしてやりすごせ。二週間もすれば、上はテレタイプのルールをゆるめるだろう」

「洗濯ルールをゆるめたみたいに？」

わたしはクリップボードをパーカーのもとへすべらせた。

「どういう意味だ？」

「いまだに洗濯当番を女だけにまわしてるということよ」

パーカーはげんなりした顔になった。

「ヨーク、それは得意分野をどう活かすかという問題だ。ほとんどの男は洗濯したことがない。すくなくとも、女ほど頻繁には」

「最新式の航空機を操縦できる人間が、乾燥機のフィルター掃除もできないというの？」

わたしは自分の顔をなでた。どんな話題であっても、パーカーが相手だと、つい喧嘩腰になってしまう。「ごめんなさい。すこし過敏になってるみたい」

パーカーは飛行前チェックをするときのように、青い目でまじまじとわたしを見つめた。ややあって、前に身を乗りだし、クリップボードを手にとった。

「洗濯当番の件も報告書に加えておく」

われながら、自分の声のとげとげしさが舌に突き刺さるようだった。

「それはどうも」

「すくなくとも洗濯の件については、苦情を申し立てている人間はきみひとりではない」

パーカーは椅子をうしろに押しやり、立ちあがった。「これは送信しておく。きみはきみで、遅れている当番の仕事を片づけてしまうといい」

「イエッサー」

わたしがほんとうにしたいのは、睡眠室の寝袋に這いこみ、火星に着くまで潜りこんだままでいることだ。

もっとも、それを除けば、そこまでひどい精神状態でもない。

「ヨーク……」梯子まで歩いていったパーカーは、そこで立ちどまり、わたしが書いたばかりの手紙を見つめていた。思わず、その手から手紙を奪いとってやりたい衝動に駆られた。「今夜の厨房当番はきみにまかす。来週もな」

「え？」

きょうは火曜日。当番は毎月曜に変わる。今週のわたしは清掃と衛生設備の当番だ。

「得意分野を活かすのさ」パーカーはこんこんとクリップボードをたたいた。「過越しの祭の正餐《セデル》を作れる人間がほかにいるか？」

愕然とするあまり、二の句が継げずにいるうちに、パーカーはさっさとシャフトの上に消えた。あの男には面食らわされてばかりだ。

（どうして今夜だけ特別なのよ？）

いつもなら出てきそうな切り返しを、今回ばかりは口にしなかった。

過越しの祭から二週間後、わたしはエアロックを通って働き蜂《ビジービー》に入り、気密ハッチをしっかり閉じた。きょうは二週間に一度の、カーミラが〈ピンタ〉を訪ねる日だ。ハッチを閉めると、〈ニーニャ〉の船内に絶えず充満しているうなりが遮断された。わたしは壁を蹴り、パイロット席にただよっていった。前部窓の外は〈ニーニャ〉側面の殺風景な金属壁で占領されている。前回の噴射で船体の姿勢が変わったため、働き蜂の外装ごしに太陽光が射しこむようになっており、金属壁は銀色に輝いて見えた。

「ストラップは締めた？」

　わたしは空中でからだをひねってパイロット席に収まり、ストラップをつかんだ。

「準備はオーケー」副パイロット席でカーミラがうなずくと、咳ばらいをした。「それで……どうなの？」

「だいじょうぶよ、ありがとう。あなたは？」カーミラの遠まわしの問いかけは、ストラップのことではなく、もっと根の深い問題を指している。そうとわかっていても、あえて気づかないふりをした。「〈ニーニャ〉、こちら働き蜂。発進してよいか？」

　応答したのはテラサスだった。

「発進準備完了を確認した、働き蜂。行く手をさえぎるものはない」

「固定を解除」働き蜂と〈ニーニャ〉のエアロック外扉は固定クランプで接続されている。その固定クランプを解除するスイッチを入れた。低いガチンという音とともに、働き蜂は〈ニーニャ〉から切り離された。二メートル離れるまで待ってから、逆推進スラスターを始動し、さらに艇体を後進させる。充分に母船を離れたら、その時点で働き蜂を転回させ、〈ピンタ〉に向かうつもりだった。

「安全な旅を、働き蜂。〈ニーニャ〉より、以上」

カチリという音がして、テラサスのマイク経由で聞こえていたノイズが消え、艇内に静寂が降りた。

カーミラがふたたび咳ばらいをした。

「あなたが診療モジュールを訪ねてこないものだから、ここできかなくちゃいけないのよ。こんどは社交辞令のふりをしてごまかさないで。で、どうなの？」

初期の月面ミッションの場合、健康問題に関しては、地球の航空宇宙医官と交信するのがつねだった。しかし、同じ船に同行している医師ともなると、あのときとはちがって、簡単にはごまかしがきかない。

「どうなのって――こうして外宇宙で連絡艇を飛ばしているわ」もういちど逆推進スラスターをふかす。ごくわずかにうしろ向きの推力がかかり、肩がストラップに食いこんだ。

カーミラが望んでいる会話は、どんな場合であれ、あまりしたいものではない。ましてや、いまは飛行中――いつにも増してこんな話をしたくないときだ。いや。いつにも増して、ではないか。最悪なのは夕食のときだろう。とはいえ、カーミラは自分の仕事をしようとしているにすぎない。「動揺しているし、失意のどん底にはあるけれど、弱ってはいないわ」

「ならよかった」カーミラは副パイロット席で姿勢を変え、わたしのほうに顔を向けた。

「どんなふうになるのかしらね、あなたが、その……弱っているときは」

わたしは歯噛みをした。ほとんど反射的ともいえる反応だった。

「眠れなくなるわ。吐き気もするし。脂汗も出る」

働き蜂と〈ニーニャ〉の間隔が開いていき、〈ニーニャ〉の船体をおおう長い影と太陽光で白く照らされた部分、その両者が織りなすくっきりとした陰影が見えるようになった。すべて順調にいけば、〈ピンタ〉へは二〇分ほどで着く。しかし今回は、長い二〇分間になりそうだった。

「最後にそんな症状が出たのはいつ？」

一〇〇パーセント正直に答えるなら、いまも眠れないときがある。しかし、いまのところは数夜にすぎない。それに、悪夢も見てはいなかった。たんに頭の中にあるエンジンの調子が悪いだけだ。さまざまな思いが脳内をランダムによぎっては集中力を乱す。

「ずいぶんになるわね」

「それは地球を発つ前？　発ったあと？」

「あとよ。でも、一度だけだったわ」カーミラの問いに答えていること自体が、ある種の勝利といえた。カーミラの問いに腹が立つか？　それはもう。でも、うそをついた場合、それとわからないほどカーミラが愚かだとは思っていない。一時的な接触ならごまかしもきくだろうが、〈ニーニャ〉というせまい空間内で、常時いっしょに暮らしている身だ。ふるまいの微妙な変化でさえ、気づかれずにはすまないだろう。なにしろ、トロくて黴《カビ》の生えたわたしの意識でさえ、テラサスとハファエウの……関係……には気づいているのだから。

「正直な話、カーミラ、わたしはだいじょうぶ。快調とまではいかないけれど、なんとかやっていけてるわ」

「そういうことなら、信じましょう――ただし、かならず診療モジュールを訪ねると約束して。あそこでなら、簡単なストレス・テストを行なえるから」そこでカーミラは、首をかしげた。「パーカーもあなたのことを心配しているわよ」

自分の笑い声が前部窓に反響した。投げた小石が壁にぶつかって跳ね返ってくるような感じだった。

「ありがたいわね、ほんとうに心配してくれてるのなら」とはいえ、過越しの祭の正餐《セデル》を作らせてくれたのはまぎれもない事実だ。であるからには、ほんとうに心配してくれているのかもしれない。「たしかに、セデルは心の支えになったわ」

「そうそう、それでいいのよ……それを聞けてほっとしたわ」

いまさらながら、カーミラが宇宙で迎えそこねているのがどんな聖日なのか、わたしはまったく知らずにいる。

「カーミラはどうなの？　なにか心の支えになるものは？　どんな……宗教行事が？」

カーミラはかぶりをふった。

「ちょっと待って。心の支えになる行事はあるけれど、そのまえに、わたしのことはカムと呼んでくれないかしら、カーミラではなく」

「カム、ね。呼称変更を確認。それで、あなたの宗教行事には——」

「話題を変えようとしていることに気づいてないとでも思う？」

だが——答えるかわりに、わたしはここで前部の窓に身を乗りだした。〈ニーニャ〉の燃料電池付近から、なにか白い蒸気のようなものが噴きだしている。

「あれはなに？」

「エルマ——」カムはいいかけて、わたしの視線をたどり、鋭く息を吸った。

〈ニーニャ〉の船体側面から、大きな円錐状をなし、なにかが噴出している。宇宙空間の真空に触れたとたん、そのなにかは凍りつき、無数の雪片と化していた。

急いで働き蜂の通信機に手を伸ばし、マイクのスイッチを入れる。

「〈ニーニャ〉、こちら働き蜂。なにかが左舷燃料電池付近から噴出中。これより船体に接近し、間近で目視確認する」

「働き蜂、こちら〈ニーニャ〉。噴出物のくわしい形容をたのむ」

賭けてもいい、テラサスは緊急対応モードに入ったはずだ。それなのに、その声は落ちつきはらっていた。

「白い円錐状に噴きだしている。見たところ、噴出箇所は一カ所のみ。いま近くまでいくから。もうすこし待って」

スラスターのスイッチをそっと押し、働き蜂を前進させた。ほどなく、燃料電池のそばまで到達すると、白い噴出物に触れないよう距離をとりつつ、船体に対してななめになる形で働き蜂を動かし、前部窓を噴出口に向けた。

カムがすこしでもよく見ようとして、ストラップが食いこむのもかまわず、前方に身を乗りだした。わたしも同じようにした。働き蜂を〈ニーニャ〉に寄り添わせ、不安定な姿勢をとらせつづけるには、それなりの注意力が必要だったが、並行して報告を行なえないほどではない。

「〈ニーニャ〉、こちら働き蜂。小さな孔があいていて、そこから噴きだしているように見える。孔はかなり小さいらしく、この位置からでは目視できない」

「了解、働き蜂」答えたのはパーカーだった。異常の報告を受けるや、テラサスがただちに船長を呼んだにちがいない。「アヴェリーノに計器を見にいかせた。容量が減少中のものを調べさせている」

わたしは働き蜂の向きを〈ニーニャ〉の船体と平行にして、噴出物自体を側面から見られる位置につけた。噴出物がなんなのか、目視でわかるかもしれないと思ったのだ。噴きだしているのは、燃料電池から漏れる水かもしれないし、燃料電池モジュールから漏れる酸素かもしれないし、冷媒かもしれない。そのどれであってもまずいことになるだろう。燃料電池には、直射日光を浴びても温度が上がりすぎないよう、冷媒を流す細い管が綾目《あやめ》模様状にかぶせてある。白い霧は、その管同士をつなぐ接合部の一カ所からひげ状に噴出しているようだった。念のため、管の大元を目でたどった。

たちまち、血の気が引いた。これはまずい。

「冷却システムだわ。アンモニア冷媒が漏れてる」

25

ハリケーン・タイム、フロリダで猛威か
気象局、〈ルネッタ〉の支援で対策準備

ハート・フィリップス
ザ・ナショナル・タイムズ特電

［マイアミ（フロリダ）発　一九六三年五月七日］　先週、フランス領アンティル諸島（マイアミから二千四百キロ）付近で発生した強い大気の擾乱《じょうらん》は、フロリダ在住者の注意をふたたび合衆国気象局のハリケーン監視能力に向けさせた。宇宙ステーション〈ルネッタ〉にある気象台との連携により、気象予報士はハリケーンの正確なコースを予測し、この異常に早い時期に発生したハリケーンのふるまいを監視することができる。

だれもパニックを起こしていない。宇宙飛行士と働いていて、そしてIACで働いていてすばらしいのは、こういう点だ。問題が発生したとき、どう対処すべきかを学ぶため、わたしたちはさまざまなシミュレーションをくりかえしてきている。そして対策時には、対人関係上の軋轢《あつれき》などいっさい忘れ去る。

　わたしがいまついているのは厨房のテーブルだ。目の前には紙とシャープペンシルが置いてあり、その横には参考書籍が積んである。ハファエウ、レナード、パーカーはホワイトボードの前に立ち、ボードに張りつけた冷却システムの図面をにらみながら、その横にメモを書きつけていた。通信モジュールでは、フローレンスがインターカム経由でわたしたちの会話に耳をすまし、その内容をタイプしてミッション管制センターに送信するかたわら、先方の見解をクルーに伝える役目も果たしている。同時に、〈ピンタ〉との回線も開いていて、向こうの担当者たちにも状況が聞こえるようにしていた。

　テラサスがいるのは司令モジュールのパイロット席だ。太陽光が燃料電池区画にあたるのを防ぐため、船体を横転《ロール》方向に回転させねばならないかもしれないので、その事態に対処するためだった。カムは船外活動《EVA》スーツのうち、二セットを使えるよう準備している。

さいわい、火星探険隊の宇宙船は、船内気圧を月面コロニーやEVAスーツの気圧と同じ三三八ミリバールに維持してあった。そのため、宇宙遊泳者は何時間もかけて減圧する必要がない。

「当該部分の冷媒管を交換しなくてはならないだろうな」ハファエウが指さした図面上の一点は、わたしが漏出《ろうしゅつ》に気づいた箇所だった。「直射日光を浴びる場所だ。温度の高さを考えると、継ぎをあてるだけでは心もとない」

レナードはうなずき、図面の同じ区画をとんとたたいて、

「しかし、問題の原因を究明するまでは、一時しのぎとして継ぎをあてるのも一案だろう。流星塵《りゅうせいじん》で孔があいたとしたら、材質の欠陥とは問題が異なる」

パーカーが口を開いたのは、両科学者にひとしきり議論させてからのことだった。

「どれだけ異なる？」

「流星塵なら一度きりのできごとと見ていい。またぶつかってくる可能性がないとはいわないが、発生はランダムだ。それに対して材質の欠陥であれば、いずれかならず再発する。もっと大がかりなシステム上の問題になるな」

〝もっと大がかりなシステム上の問題〟ということばを聞いたとたん、首筋を冷たいものが走った。冷却システムに欠陥が内在しているのなら、ミッションを中止して地球に引き

返さねばならない。とはいえ……これほど遠くまできてしまうと、地球に帰るためには、このまま火星まで行き、火星の重力を利用してスイングバイする必要があるかもしれない。わたしは小声で毒づいてから、きかれたときにそなえて必要な計算をするため、計算要素を書きだしはじめた。

「どうした、ヨーク？」

パーカーの耳は、長年、航空機とロケットに携わってきた者にしては、いやになるほど鋭い。

「最悪のシナリオにそなえて、必要な作業をするメモを書きつけただけよ」まだ計算式を組みたてている途中だったが、わたしは計算用紙から顔をあげた。「つまり、スイングバイの」

パーカーは小さくうなずいた。意図を理解したというしるしだった。わたしたちがこのシナリオのシミュレーションを行なったのは、一度や二度ではない。

「〈ピンタ〉、こちら〈ニーニャ〉。そちらのシステムは良好か？」

「良好だ」ベンコスキーの声が宇宙船間の通信ライン経由で響いた。「こちらとしては、流星塵説に一票だな」

〈ピンタ〉は船体を回転させ、望遠鏡でこちらのようすを見ているだけなので、わたしが見た以上のものまで見えるわけではない。だれかが宇宙遊泳を行ない、至近距離から目視しないかぎり、すべては推測でしかないのだ。

「ふたつのシナリオにそなえるべきだな」パーカーは両手を腰にあて、ホワイトボードをにらんだ。「アヴェリーノ、冷媒管交換で必要になる資材を用意してくれ。フラナリー、きみには宇宙遊泳に出てもらう。現場で予期せぬ状況を発見した場合にそなえて応急的な継ぎあての準備をたのむ。グレイ？　ミッション管制センターに緊急EVAを行なう旨、伝えてくれ」

「すでに入力済みよ」フローレンスの声が答えた。鼻息が荒いのがわかる。「まったく、信じらんないわね、博士号をとってまで口述筆記をさせられるなんて」

「洗濯もだ」パーカーはスピーカーを見てにやりと笑った。「返答がありしだい、教えてくれ」

「あなたって、自分以外はみんな馬鹿だと思ってんの？」

「そうだ」パーカーはわたしに顔を向けた。「ヨーク、最悪のシナリオにそなえたフライトプランの準備をたのむ」

ここでジョークをいってもよかったのだが、時間が逼迫《ひっぱく》しているため、わたしは無言でうなずき、作業をつづけた。計算を通じて方針を模索できるのがありがたい。だが、そのために必要なのは紙に記した数字だ。紙のぬくもりと手ごたえが安らぎを与えてくれる。

地球ではわたしたちから十何分か遅れて対策の検討がはじまっているだろう。いまごろはナサニエルがミッション管制センターのフロアに立ち、エンジニア・チームと解決策を模索しているはずだ。片手にシャープペンシルを握りしめ、シャツをひじまでまくり、問題解決のため、頭を絞りつつ行ったりきたりしている夫の姿が目に浮かぶ。そのからだには、クレマンスの葉巻の煙がまとわりついているにちがいない。

紙の上にシャープペンシルを動かして、軌道をどう修正するか計算していると、ナサニエルがすぐうしろを歩きまわっているような気がしてきた。わたしたちの魂が安らぎを求める場所は、ときとして、なんと奇妙なところなのだろう。

「回答がきたわ」フローレンスの声の背景で、テレタイプがカタカタ鳴る音が聞こえた。

「要点を読むわよ？」

わたしは紙から顔をあげた。そうすれば、フローレンスの顔が見えるかのように。気がつくと、わたしが計算しているあいだに、レナードとハファエウは厨房モジュールからいなくなっており、残っているのはわたしとパーカーのふたりだけになっていた。パーカーは休めの姿勢をとり、スピーカーをじっと見つめている。

「はじめてくれ」

「回答者はボビエンスキー。ＥＶＡの主目的はふたつ。破断箇所を診断し、可能であれば継ぎをあてる。可能でない場合、宇宙遊泳者が破断箇所の交換を試みる。先に継ぎあてを試みるのは、ＥＶＡの活動時間を極力短くしたいから」

フローレンスの読んだ回答に、わたしは眉をひそめた。クラレンス・〈浮き足くん《バブルズ》〉・ボビエンスキーはナサニエルの補佐だ。なぜナサニエル本人が回答してこないのだろう。クレマンスがわたしのフライトにナサニエルを関与させたがらないことは知っているが、今回ばかりは事情がちがう。この構想全体がナサニエルのものだし、夫はいまでも統括エンジニアなのだ。

「よし、こちらの想定と同じ方針が出たな、心強い」パーカーはうしろを向き、クリップボードをつかんだ。「アヴェリーノとフラナリーにＥＶＡスーツを着用するよう指示しよう」

「指示はちょっと待って。まだ全文を読んでいないから」

パーカーがフローレンスにも見えているかのように片眉を吊りあげた。

「つづけてくれ」

「ＥＶＡはハファエウとテラサスが行なうべきだとミッション管制センターはいってる。カムは診療モジュールで待機。操船はあなた。レナードとエルマはスーツ着用の手伝い」

「ナサニエルはなんといってるの？」質問がひとりでに口から飛びだした。これはまずいと気づいたときにはもう手遅れだった。ミッション管制センターは宇宙船通信担当《CAPCOM》を通じて指示を下す。その指示に疑念をさしはさんだところで、全員をいらだたせるだけでしかない。「ごめんなさい、忘れて」

「いや……」パーカーはこちらに向きなおり、わたしを見つめた。片手を腰にあて、反対の手に持ったクリップボードを軽く太腿に打ちつけている。まるで不規則な帰営太鼓のようだ。「……スーツを着て船外に出るのはフラナリーであるべきだ、テラサスではなく。グレイ、要員選択が妥当か問い合わせてくれ。とくに、ヨーク博士の意見もききたいと付言してほしい。それから、ＥＶＡスーツのあつかいと接着技術にかけては、フラナリーのほうがテラサスより経験豊富で習熟している、船外にはフラナリーが出るべきというのが船長の見解だとも」

　あれもこれも一度に伝えるのは、時間遅延をともなう交信ではやむをえない。思いついたことは一挙に送信してしまう必要がある。都度都度やりとりしていては、時間のロスが大きいからだ。

「いや、いい」パーカーはかぶりをふった。「通信モジュールに行って自分で送信する。そのほうが早い」

「やっとそこに気づいてくれたのね。すぐにきて」

パーカーは急いで出ていき、厨房にはわたしと数字だけが残された。

カムが厨房に入ってきた。白衣のポケットに両手をつっこんでいる。

「計算の進捗はどう？」

「もうすこしでダブルチェックがおわるところ……」

ここから火星に行き、スイングバイして地球に戻るまでのコースを記述した、長い長い計算式。それをシャープペンシルの先でなぞりおえた。これがバック・ロジャーズなら、そのままとんぼ返りすればすむことだが、現実の物理学では、火星の重力を利用してスイングバイするのが最短の帰還コースとなる。問題は、最短といっても、どれくらいかかるかだ。

「コーヒー、いる？」カムがたずねた。

「いただくわ」もっとも効率よく進めたとしても、地球まではまだ一年以上かかる。心配なのは最悪のシナリオだ。もし冷却システムに異常があるのなら、全員が〈ニーニャ〉を捨てて〈ピンタ〉に移乗しなければならない。そして、もし〈ピンタ〉にも異常が出れば、もはや逃げこむ先はない。〈サンタマリア〉は火星の地表で用いる資材を満載しており、とても人が居住できるスペースはないのだから。もっとも、もしかすると、ハファエウとミッション管制センターが〈ニーニャ〉をどうにか航行できる状態にはするかもしれない。そうなれば、すくなくとも貨物船として使える可能性は残る。

　カムが湯気の立つコーヒーカップをわたしの前に置いた。プラスティックが金属にあたるコトンという音がした。コーヒーは反則的にいい香りがした。脳の活性に効く刺激的な香気も豊富に含んでいる。わたしはカップを引きよせ、アロマを楽しんだ。

　テーブル上のカップを両手で囲み、ゆっくりとまわしながら、カムは切りだした。

「エルマ……パーカーにいわれたの、わたしから話せって」

　わたしは計算式から目をあげ、カムの顔を見た。眉間にしわを寄せ、目には心配そうな色を浮かべている。わたしはシャープペンシルをテーブルに置いた。

「なにを話すの？」

「まず最初に、なにもかもだいじょうぶ、それを念頭に置いて聞いてちょうだい」そこで唇をかんだ。「じつはね。ミッション管制センターから連絡があったのよ。ナサニエルが入院してるって。胃潰瘍を放置していたため、手術しなければならなかったそう。いまはだいじょうぶ——ただ、そんな事情だから、しばらくは仕事を離れていなければならないの。でも、いまはもうだいじょうぶよ」

2、3、5、7、11、13、17、23……

「エルマ？　聞いてる？　だいじょうぶなのよ」

「あのひとったら……どうしてこうなのよ」最後の手紙が突如として意味を持った。なぜハーシェルがわざわざ出向いてきたのかも、これでわかった。ニコールとマートルがパントリーの補充をしていたわけも。なぜいるべきところにいなかったのかも。「どうしてわかったの？」

「パーカーがミッション管制センターにナサニエルのことを問い合わせてね。そうしたら、いまいった答えが返ってきたの。これはつけ加えておかなくてはいけないけれど、あなたにはいわないようにとの指示もついていたそうよ」

カムはカップを両手でゆるく囲んでいた。

「もちろん、そうでしょうとも」フライトスーツの下で両腕を押さえこむ。そうしていないと、テーブルを殴りつけてしまいそうだった。29、31、37、41、43……ごくりとつばを飲み、できるだけ声を平静にたもとうと努める。「それなのに、パーカーは教えてくれたわけ？　意外だわ」

カムは片手を持ちあげ、人差し指を立てて左右に振った。

「ええとね……パーカーは指示にしたがわなかったわけじゃないのよ。じっさい、いわなかったでしょ。自分の口からは」

わたしは鼻を鳴らした。母がこんなところを見たら卒倒しただろう。

「けれど、感謝はしないわ」テーブルから手をすべらせて下におろし、背筋を伸ばした。じっさいにしたかったのは、テーブルにつっぷして腕に顔をうずめることだったのだが。

「この話、本人がいうべきだったのよ。本人というのはナサニエルのことよ、もちろん」

「どうして？　遠く離れたあなたになにができたというの？」

「だって——だって、妻だもの」テーブルの下で両手をひざに押しつけた。わたしが家にいれば、ちゃんと食事をしていないことにも気がついただろう。というより、きちんと食事をとらせていただろう。手術しなければならないほど悪化させることもなかったはずだ。

「銀河系のどこにいたって、小言をいうべき立場にいるのがわたしなのに」

「とにかく、ナサニエルはだいじょうぶ。あと一週間かそこらで職場に復帰できるそうよ。最初は半日出勤だけどね」カムはテーブルごしにわたしに手を伸ばしてきた。ひとすじの黒髪が額にたれかかった。「必要なものはある？」

カムが水を向けるということは——ほかならぬわたしにこういうからには——ミルタウンを処方しようかといっているのだろう。それに、ああ、神さま、肌の下でうごめく不安を和らげる薬、肌ざわりのいいコットンでなでるようにして鎮めてくれるあの薬がほしい。

だが、わたしは唇を湿らせ、できるだけゆっくりと息を吐きだした。

「いいえ。あれを使うと計算力が落ちるから」さっきまで計算に使っていた用紙に手をあてた。「いまはそんな状態になるわけにはいかないもの。わたしならだいじょうぶ。ありがとう。でも、ほんとうにだいじょうぶよ」


　EVAを開始して二時間めのどこか——テラサスとハファエウが破損箇所を照らすために照明器具を設置して以後、破断したチューブの交換にかかるまでのどこかで、パーカーが咳ばらいをした。

「テラサスはうまくやっている」そういって前部窓にあごをしゃくったものの——その窓からふたりが見えるわけではない。「こういうことがあるから、ミッション管制センターの指示にはそうそう異論を唱えられないんだ。しかし、今回ばかりは……」

「そうね」

　われながら、まぬけな返事をしたものだが、これはひどく驚いたからでもあった。こちらがいやな思いをさせないように……？　あるいは、不快にさせないように……？　とにかく、気をつかって避けていた話題を、パーカーはみずから切りだしたように思える。

「人はときに、あまりにも問題に近すぎて、全体像が見えなくなることがある」パーカーはノブをまわし、スピーカーのボリュームをあげた。テラサスとハファエウの息づかいの音がすでにはっきりと聞こえているにもかかわらず。「シャモウンから聞いたか？」

　わたしはうなずいた。そこで、パーカーが自分を見てはいないことに気づき、ことばで答えた。

「聞いたわ」これ以上なにかをいうのは危険に思えたが、それでも口に出す必要を感じた。

「ありがとう」

「あんな無理をさせていた相手がミリアム《ミミ》だったら、クレマンスのやつを殺していたところだ」

「それは――」その先をいう前に思いとどまった。パーカーが自分から奥さんの話をしだしたからといって、わたしがその話に乗るのをゆるすとはかぎらない。「とにかく、感謝しています」

「それならいいんだが。このところ、ミミも調子がよくて……一日に一時間は鉄の肺から出ていられるようになっているんだ」

「すごいじゃない」……なんと奇妙な現実にわたしはさまよいこんでしまったのだろう。パーカーが自分からわたしに語っている。それも、奥さんのことを。きっとナサニエルが入院したので、わたしを元気づけるためなのだろう。「つらいわね……夫が病気なのに、なにもしてあげられないのは」

「だろうな」パーカーは唇をかみ、ぎくしゃくとうなずいてみせた。「気持ちはわかる。しかし、IACが提供できる医療は世界最高レベルだ。ナサニエルのことは十二分にケアしてくれる」

ここでふと疑問が湧いた。パーカーがこのミッションに参加したのは、奥さんに可能なかぎり最高の医療を受けさせるためだったのではあるまいか。それともこれは、奥さんを置き去りにして宇宙に出た自分の罪悪感を軽くするためのストーリーなのか？

しかし、それをいいだせば、わたしが自分に言い聞かせていたストーリーも信用できなくなってしまいかねない。

「ナサニエルの面倒は兄が見にきてくれてるの」

パーカーは向きなおり、わたしを見た。

「カリフォルニアの彼か？」

こういう配慮を見せつけられると、むしろひどくとまどってしまう。とはいえ、相手は奥さんが鉄の肺に入っている人物だ。ハーシェルのことを〝あのポリオの彼〟などと呼ぶはずがない。わたしはうなずき、話をつづけようとした。そうすることで、旅の先々までパーカーの配慮がつづくことを期待して。

「ええ……ハーシェルがね。きてくれるとナサニエルがいっていたから。なんのためにきてくれるのか、手紙を読んだときはわからなかったけれど」

パーカーは苦笑した。

「わからなくて当然だ。ミミが前に〝よく眠れるようになった〟といったことがあってな。くわしく聞いてみたところ、きしむボルトが一本、鉄の肺にあって、それで眠れなくなっていたんだとわかった。では、眠れずにいたあいだ、一度でも問題を訴えたりしたか？それはなかった。断じてなかった」

わたしは笑った。笑うわたしを見て、パーカーが目をまるくした。わたしがパーカーの前で笑ったのは、このときがはじめてだったかもしれない。心の中では、こういってやりたくてしかたがなかった。

（ほらね、わたしにだってユーモア感覚はあるのよ）

もちろん、そんなことをいいはしない。いい大人なのだからでもあるし、臆病だからでもある。せっかく芽生えたささやかな信頼関係を、そんなことで壊してしまうのが怖かったのだ。かわりにわたしはこういった。

「おたがいの配偶者は、わたしたちのことをどんなふうにこぼしているのかしら」

「そうだな……」パーカーはパイロット席の肘かけにもたれかかった。「ひとつたしかなことがある。きみの夫は、絶対に――」

「〈ニーニャ〉、こちらEV1《ワン》。問題が起きた」

報告してきたのはハファエウだった。冷静かつプロフェッショナルな声だ。

まるで機械のように、パーカーは一瞬で船長モードへと復帰し、コントロールパネルを操作してハファエウの声を全船に流すかたわら、応答した。

「つづけてくれ、EV1」

「エステバンのスーツなんだが。アンモニア冷媒管のブラケットにひっかかった。現状で判断できるかぎり、右ひざとブーツのあいだのサイズ調節リング・ブラケットに、4F・37アンモニア冷媒管のブラケットがひっかかっているらしい。状態をよく見てみた。なにがどうひっかかっているのかわからないが、どうやってもはずれない。アドバイスをたのむ」

アンモニア冷媒管のマニュアルは、エンジニアリング・モジュールの図書室から持ってきてある。わたしはその冊子を取りだした。大型の図面はエンジニアリング・モジュールにあるが、それはすでにレナードが開いているにちがいない。

「状況はわかった、アヴェリーノ。船内から出せる解決策を検討する」パーカーはこちらを見やり、わたしがマニュアルをめくってしかるべきページを探しているのをたしかめ、こくりとうなずいた。「現在の残酸素量等に鑑《かんが》みて、あとどれくらい活動できそうだ？」

「二酸化炭素除去量、酸素残量、バッテリー残量を考慮して……三時間というところか」

「テラサスは？」

ノイズ混じりの間《ま》があった。わたしは顔をあげて前部窓を見た。そこから見えるものは、冴えざえと輝く星の光と、遠くにぽつんと青く光る地球の光点だけだ。

テラサスが咳ばらいをした。

「こちらは二時間弱だな」

「わかった」パーカーは答えたものの、賭けてもいい、胸中に去来しているのは、わたしと同じ考えだったろう。酸素等の消費が激しいのは宇宙遊泳の経験が不足している証拠だ。不慣れな者は、ただじっとしているだけでエネルギーの消費が激しい。しかしパーカーは、船長としての冷静な声をたもちつつ、問いをつづけた。

「これまでに行なった対処は？」

「まわす。ゆする。引っぱる。ひねる。毒づく」

「すばらしいテクニックだ。毒づいたのは何カ国語でだ？」

問いかけながら、パーカーはマイクをオフにし、別の回線を実験室につないだ。

「フラナリー、とりうる選択肢について、意見を」

スピーカーからレナードが答えた。

「T型締め具《クランプ》を切断できないかな」

EVA班とつながった回線からは、テラサスがこう答えた。

「英語、スペイン語、ポルトガル語だよ。ほかに推奨言語はあるかい？」

レナードがまだしゃべっているうちに、パーカーはテラサスに通じるマイクを入れた。

「ラテン語だな。科学系の罵倒では、いつもいちばんしっくりくる。ところで、緊急切断の提案があるんだが……フラナリーがT型クランプを切れないかときいている」

答えたのはハファエウだった。

「掛け値なしの本音をいうと、どこがどうひっかかっているのか、よくわからないんだ。心配なのは、エステバンのスーツに穴をあけてしまうことでね。いったん冷媒管をはずす方法はないかい？」

「わかった。待っていてくれ」パーカーはふたたびレナードにたずねた。「フラナリー。聞いたな？」

「うーん……冷媒管はがっちり固定されているから。残念ながら、最上の処置はクランプのところで冷媒管を切断してしまうことだろう。すでに圧力が落ちているから、これ以上アンモニアを失う恐れはないはずだ」

「修理がどれくらいおおごとかいってくれ」

「簡単……ではないよ。しかし不可能でもない」レナードはためいきをついた。「ハファエウにはもっといい考えがあるんじゃないだろうか」

　これはもっともだ。ハファエウは本船のエンジニアリング担当であり、〈ニーニャ〉のことはだれよりもよく知っている。わたしはマニュアルを調べつづけたが、どこを見てもレナードの提案を支持する内容ばかりだった。おそらく冷媒管を切断しなくてはならないだろう。

「わかった」パーカーは片手でつるりと顔をなで、わたしに向きなおった。「アンモニアによる冷却システムが復旧しない場合、〈ニーニャ〉を捨てなければならない——きみはそういったな？　ほかに方法はないか？」

「冷却系を失えば、火星到着前に船はオーバーヒートするでしょう。たとえ最良の軌道をたどれたとしてもよ」ストラップを締めたままでからだをひねり、小さく横に動かした。「といってもわたしは、アンモニア冷却システムの停止で想定される事態をすべて知っているわけではないから」

　パーカーはマイクに顔を近づけた。

「フラナリー、テラサスを解放するため冷媒管を切断した場合、冷却システムにはどういう影響が出る？」

「アンモニアの循環がとまって放熱ができなくなる。しかし……そうだな、すでに失ったアンモニア冷媒を補充するのに、この船、〈ピンタ〉、〈サンタマリア〉各船の余剰分をかきあつめれば充分な量になるだろう。すこし時間をくれないか。〈ピンタ〉のヴィルバート・シェーンハウスにデータを送って相談してみる」

「了解。安全マージンを三〇分見てくれ」パーカーは船長席の背にもたれかかり、ふたたび額をなでた。「やっかいだな、ヨーク。全員が〈ピンタ〉に移乗した場合、必要な軌道修正の計算もすませておいてくれ」

わたしはうなずいた。パーカーが決断を迷う理由はよくわかる。〈ピンタ〉に移乗する道があるのだから、この状況下でテラサスの命をアンモニア冷却システムに優先するのは当然だ。ありがたいのは、ミッション管制センターとその航行規則だった。航行規則では、不測の事態に対する対処法はすべて事前に定められている。それは感情と拙速な反応とを方程式から排除するため、現場での対処に幅が持てる。なにをすれば事態が悪化するかが事前に考えつくされているからだ。とはいえ……。

人の命がかかっているシミュレーションには、なかなかきついものがある。

わたしは持ってきた各種資料をひっくり返し、マニュアル44Bを取りだした。

「ミッション管制センターはすでに、不測の事態にさいして、有人船一隻だけで計画を続行するシミュレーションも行なっているから——そうね。その線で計算しなおしてみる」

パーカーはこくりとうなずき、マイクをオンに戻した。

「アヴェリーノ、テラサス。酸素は三〇分の余裕を残しておく必要がある。したがって、一時間後には冷媒管を切断せねばならない。それまでのあいだ、できるだけ対処を試みてくれ」

「了解。ここで問題解決の試みを継続する」

アヴェリーノにつづいてテラサスも答えた。

「指示を確認。ますますスリリングな局面を迎えます今回、われらが恐れを知らぬチームが直面するのはスペース・アドベンチャー——題して〈宇宙チューブの怒り〉。われらが勇敢なるヒーロー、ハファエウ・アヴェリーノが、邪悪な宇宙チューブにつかまった親友を救出する、胸のすくような活躍をお聴きください」

そのあと、ハファエウがポルトガル語でなにごとかをつぶやき、それを聞いたパーカーが笑った。しかしその笑い声は、マイクをオフにすると同時に、ふっと消えた。つづいてパーカーは、別のだれかを呼びだそうとするかのようにマイクのスイッチを入れかけたが、そこで手を引き戻し、ひざの上に置いた。そして、背景にハファエウの状況説明が流れるなか、口もとを引き締め、前部窓から外を眺めつつ、ひたすら進展を待った。

わたし？　わたしは計算に取り組んでいた。といっても、することはまだそれほど多くないので、数値を要求されたらいつでも答えられるよう、計算式を見直すばかりだったが。

　レナードの声が室内に響いたのはそのときだった。

「結論が出た。ハファエウとテラサスが船内に戻りしだい、問題を検討しなおしたいが、過剰にアンモニアを失ったとしても製造することはできる。おそらくだがね。もっとも、それは最悪のシナリオだ。それをせずにすむなら、みんなが安堵するだろう」

「よくやってくれた。しかし、みんながいやがるのはなぜだ？」

「毒性だよ。船内の空気を汚染する可能性はけっして小さくない」問題解決法を語るレナードの口ぶりにはナサニエルに通じるものがあり、聞いていて興味をそそられた。「やるとしたら、火星スーツを着て、ひとり働き蜂《ビジービー》に閉じこもっての作業になるだろう。それなら大事にはいたらない。しかし、そこまでしなくともすむことをあてにしている」

「わかった」パーカーはマイクのスイッチを切り、座席に背中をあずけ、前部窓の外に広がる虚空を見つめた。時間は刻々と過ぎていく。ややあって、パーカーはためいきをつき、またマイクに手を伸ばすと、通話先を診療モジュールに切り替えた。

「シャモウン、ＥＶＡ班の生命維持機能を遠隔測定しているデータだが、随時こちらにも見せてくれるか？　心配なのはテラサスの水酸化リチウム容器だ。残量が許容限度を越えて低くなったら、ただちに撤収させる」

「注意して見ておくわ。現状のパラメータはすべて許容範囲内」

水酸化リチウムは二酸化炭素を除去するためのものである。宇宙遊泳でいちばんの問題は酸素だと思う人が多いだろう。しかし、酸素であればきわめて効率よく容器に詰められる。それよりも問題なのは、二酸化炭素の除去とバッテリーの持ちだ。ＥＶＡでやっかいなのはこの二点で、むしろいちばん心配いらないのが酸素といえる。呼吸する空気がなくなるより先に二酸化炭素が飽和するし、バッテリーも尽きてしまう。

ほどなく、計算式の見直しがすべて終了し、わたしはパーカーとともに宇宙空間を眺めながら、ハファエウとテラサスのやりとりに耳をかたむけた。ふたりとも、何度も何度もサイズ調節リングのブラケットを開放しようとしては、そのつどポルトガル語のさまざまな罵倒を口にしていた。

そのうちに、とうとうパーカーがマイクに身を乗りだした。

「残り三〇分となった。撤収せねばならない」あごに力が入っている。「冷媒管の切断を許可する」

ハファエウが応答した。

「ほんとうに冷媒管内には供給圧がかかってないんだな？　鋼鉄の棒みたいに硬いが」

パーカーがすぐさま、エンジニアリング・モジュールに切り替えた。レナードが即座に通信ラインで答えた。

「圧力計はゼロを示している。当該冷媒管は固定配管の一部だ。だから硬いんだろう」

「了解」パーカーがわたしを見た。めったにない共感の時が訪れた。こんどの宇宙遊泳はやはり人選をまちがえている。レナードに行かせるべきだったのだ――彼の専門ではないエンジニアリングを受け持たせたりはせず。たしかにレナードも、ハファエウをバックアップする訓練を受けている。だが、受けた訓練の大半はEVAを行なうためのものだった。パーカーは明らかに、ミッション管制センターの指示にしたがったことを悔やんでいる。それはひと目でわかった。「アヴェリーノ。レナードは圧力計の表示がゼロといっている。冷媒管が硬いのは冷却システムに固定の配管だからだと」

「了解」ハファエウが小さく笑った。「いや、おれのベイビーを切っちまうんじゃないかと心配でさ」

「その呼びかたはやめろっていっただろう。あ――ベイビーって船のことか」

こういうところは、いかにもテラサスらしい。

「壊れても修理すればいい」パーカーは嘆息しつつ、こうべをたれた。それは命令をする者というよりも、祈りを捧げる者の姿だった。「冷媒管の切断を許可する。くりかえす。冷媒管の切断を許可する」

「指示を確認した。冷媒管を切断し――」

だしぬけに、ハファエウがポルトガル語でののしった。

パーカーが即座にマイクをオンにし、スピーカーに顔を近づけた――そうすれば現場に近づけるかのように。

「アヴェリーノ。報告しろ」

前部窓の外に白い霧のようなものが広がり、それが太陽光を浴びてきらめいた。地球の夜空でまたたく星々のようだ。美しい光景ではあった。しかし、わたしの心臓はその白いものと同様に凍りついていた。

外を指さして、わたしはいった。

「パーカー！　アンモニアが噴きだしてる！」

冷媒管内にアンモニアは残っていないはずではなかったのか。

つぎの瞬間、やや大きめの塊が前部窓をよぎった。くるくると回転しているその塊は、太陽光を浴びているかのように赤く染まって見える。しかし太陽の光は、宇宙では赤く見えない。朝焼けや夕焼けが赤いのは、大気へななめに入射してくる太陽光が散乱し、赤い光だけが透過してくるためだ。
わたしたちが見ているもの――それは凍りついた血だった。

26

エステバン・テラサス（一九二四－一九六三）

［カンザスシティ（カンザス州）発　一九六三年五月七日］火星ミッション二番めの死者が出たのは、クルーが中間点を通過して一カ月強たってからのことだった。批評家たちはエステバン・テラサスの死を、ＩＡＣサイドの無能の表われと指摘している。ＩＡＣ部内の某幹部によれば、船長のステットスン・パーカー大佐は、経験不足を理由にテラサスの船外活動に反対していたが、クレマンスＩＡＣ本部長に却下されたという。

　本部長はテラサスの死をきわめて特殊な事故と位置づけている。報告書によれば、テラサスは船外でアンモニア冷媒を用いた冷却システムを修理中、アンモニアの冷媒管にひっかかり、身動きがとれなくなった。テラサスを解放するため、クルーは冷媒管を切断した。ところが、悲劇的なことに、圧力計の誤作動により、アンモニアが残っていないはずの冷媒管にはまだ少量が残っていた。切断にともなってアンモニアが噴出したため、冷媒管の先端が勢いよく動き、それが宇宙服に当たって裂け目を生じさせた。その結果、宇宙服の気密性が失われ、テラサスは宇宙空間の真空にさらされてしまったのである。

　カムとわたしはエアロック内扉《ないひ》の手前に浮かんでいた。またしてもだ。

　今回は語呂《ライム》あわせのひとつも浮かんでこなかった。頭の中に充満しているのは船内じゅうにフローレンスが流している音だ。ひとつは声――ハファエウをエアロックへ誘導する、レナードの。

「オーケー、そのまま右手を伸ばせば、外扉《がいひ》のガイドレールにあたる」

　もうひとつの音は、ハファエウのきれぎれの息づかい――それも、いまにも泣きそうになるのをこらえている音だった。食いしばった歯の隙間から、しゃくりあげるように鋭く息を吸っては吐く音――それがぴたりととまり、しばし胸のつぶれそうなほどいたたまれない静寂がつづいたかと思うと、また空気を吸いこむ音がする。だが、しゃべるときは？

ああ、なんということだろう……プロフェッショナルな声。冷静そのものの声で、ハファエウはしゃべっている。

「よし。腰にわたしの手が感じられるはずだ。いまスーツを固定した」

「指示を確認。ガイドレールにつかまった」

「了解」そこでまた、ハファエウの呼吸サイクルが再開された。

　わたしはエアロック内扉の冷たい金属に手をあて、丸窓の向こうを覗きこみ、ふたりの姿を目で探した。どちらもまだ船外にいる。レナードの船外活動《EVA》スーツは黒いシルエットとなり、いっそう黒々とした宇宙を背景にかろうじて見えている程度だ。影になっているため、表情まではわからない。

　レナードの声がつづけた。

「ハファエウの個人用繋留索《テザー》フックをガイドレールにかけた。接続を確認。スライド・ロック。黒と黒、よし。これより双方の安全テザーをたどってエアロック内部に向かう」

　頭の中に、レナードがハファエウのテザーフックをつかみ、自分のスーツの接続環にかけ、ロックをスライドし、黒い固定表示線が一本につながるのを確認する姿が浮かんだ。

　レナードがハファエウに語りかけた。

「ぶじにエアロックへ戻れるよう、まず自分の安全テザーを確認中だ」

わたしのとなりでは、手にしたタオルをカムが落ちつかなげにいじっている。行動困難になったクルー・メンバーへの対処は、訓練では何度も行なってきたが、訓練と現実では気持ちに大きな差異があった。

船内にはつねにうなりが充満しているが、それは背景音でしかなく、レナードの声が途切れると、むしろ静寂が強調される。わたし自身、手にしたタオルをロープのように細くひねっていたので、白いタオル地がねじれる小さな音が静寂をいっそうきわだたせていた。

その静けさに耐えかねて、言わずもがなのことを口にした。

「ハファエウの視界と呼吸を確保したら、レナードがハファエウのスーツを脱がすのを手伝うわ」

「ええ」芯廊《スピンドル》の内壁には器材固定用の窪みがあり、医療キットはそこに設置してある。そのそばに浮かびながら、カムはいった。「ハファエウが興奮した場合にそなえて、鎮静剤を用意してあるから」

レナードは冷静な声で、ハファエウへの語りかけをつづけている。

「ふたりぶんの安全テザー接続を確認した。これからきみを誘導してエアロックに入る」

「了解」

ハファエウの声には興奮しているようすがまったくない。これがたんなる不測の事態のひとつ——対処するために訓練を行なってきた、さまざまな事態のひとつでしかないかのように。内扉の丸窓を通し、ふたりのシルエットが薄暗く照明されたエアロックに入ってくるのが見えた。スーツのストライプ模様が同じだったら、どちらがどちらか見分けられなかっただろう。ただし、両者にはもうひとつ差異がある。ハファエウが壁づたいに動いているのに対して、レナードが正確な動きでハファエウを誘導していることだ。

「いまエアロックに入った。いったん離れて外扉を閉じてくる。ハファエウ、きみは内部の手すりにテザーで固定してあるから、心配はいらない」

「了解」

ＥＶＡスーツはかなりかさばるため、ハファエウの胸の起伏は見えない。エアロックの内扉側へとただよってくるにつれ、湾曲したヘルメットを照明がなぞり、ガラスのフェイスプレートをおおう飛沫状のものを照らしだした。その内側にある顔は暗くてよく見えない。

エアロックの外扉が閉じ、与圧がすんだらすぐに中へ入れるよう、わたしはいっそう内扉に近づいた。カムは内扉横の、エアロックの与圧状態を表わす差圧計のそばで待機している。わたしはタオルをひねってはもどしていた——あたかもタオルの最適な持ちかたを見つけようとするかのように。ＩＡＣのことだから、その手の研究にも手をつけているにちがいない。あるいは、すでにどこかの院生が〝タオル地のもっとも効率的な使いかた〟理論を打ち立てているかもしれない。

頭上で差圧計が表示する気圧があがりはじめた。カムがエアロックの空気バルブを開き、内部への空気注入を開始したのである。空気は音高くバルブから噴きだしている。まるでスピンドル内を貨物列車が走りぬけているかのようなすさまじさだ。

その音で、レナードの声はほとんど呑みこまれそうだった。

「与圧完了を確認。もうじきだぞ、ハファエウ」

「与圧完りょ――」そこまでいいかけて、ハファエウが咳きこんだ。

心臓が胸から飛びだしそうになった。その衝撃で内扉が開くかと思ったほどだ。だが、訓練の成果がひとりでに頭をもたげ、わたしは反射的にタオルをひざのあいだにはさむと、左右からしっかり押さえつつ、内扉のラチェット・ハンドルをつかみ、まわしはじめた。五回まわしたところで、内扉を閉じている一五のラッチがすべて解除された。

レナードが丸窓ごしにわたしを見た。

それから、ハファエウのヘルメットをつかみ、接続リングを固定しているラッチをはずした。

ヘルメットは、万が一にも空気が漏れることのないよう、二重三重に気密をたもつ機構が組みこまれている。その入念な安全機構ゆえに、ヘルメットをはずすにはそれなりの時間がかかる。

スピーカーから聞こえてくる咳きこむ音――これはハファエウが自分の涙で咽《む》せている音だ。

わたしは両脚を曲げ、タオルをひざにはさんだまま足裏を内扉と反対側の壁につけると、内扉を手前に引っぱった。隙間が開きだすと同時に、扉自体の開放は慣性にまかせ、壁を蹴って前に進み、タオルを手に持ち変えて、開いていく扉の内側へ泳いでいく。

さいわい、ハファエウはじっとしてくれていた。絶望のあまり、手がひどくわなないていたが、レナードがヘルメットを頭からとっても抵抗しようとはしなかった。訓練でなら、自分の涙で溺れることはないかもしれない。しかし、ヘルメットがはずされるとともに、涙と鼻水の小球がいくつもエアロック内にただよい出た。目も鼻も口も、銀色に光る液体の球でおおわれている。

急いでハファエウの顔にタオルをあてがった。その反動で、ハファエウが小さく後方にのけぞり、顔からわずかに水球が離れた。タオルがすぐさま液体を吸いとりだす。ここでやっと、ハファエウが自主的に動き、タオルをつかんで口にあてがった。

レナードにからだを支えられ、咳きこみ、口に入った涙と鼻水を吐きだしながら、顔をおおう液体をぬぐいおえる。エアロックの外でカムがインターカムを見あげた。

「パーカー。ぶじに保護したわ。ハファエウはだいじょうぶ」

「保護を確認」こんなにも安堵がこもったことばを、わたしは聞いたことがない。「よくやってくれた」

そのことばを聞いたとたん、懸命につくろっていたハファエウの自制が崩れた。

「よくやった？」タオルを放り投げる。「おれはあいつを殺しちまったんだぞ！」

ハファエウの手はまだグラヴをはめたままだ。わたしはその手をとり、ぎゅっと握りしめた。宇宙空間で船体の影にいたため、スーツの材質は恐ろしいほどに冷えきっていて、骨まで冷たさが沁《し》み透った。

「ハファエウ……わかってる。つらかったね。わかってる。でも、あなたのせいじゃないのよ」

「おれのせいじゃない？　じゃあ、だれのせいだというんだ！」

スピーカーからパーカーの声が答えた。

「ミッション管制センターのせいだ」ためいき混じりの声だった。「おれのせいでもある。神のせいでもある。そして、そう、きみのせいでもある……。きみはいやでも罪の意識を背負うことになるだろう。きみが罪の意識にさいなまれないなどと、そんなきれいごとをいうつもりはない。だが、これだけはいっておく。断じてきみだけのせいではない。きみはエステバンの安全を確保するために最善を尽くしたんだ」

パーカーがテラサスのファーストネームを口にしたとたん、ハファエウの顔がくしゃくしゃになった。新たに涙があふれて、目のまわりに水球が膨れあがっていく。レナードが空中にただようタオルをとっさにつかみ、ハファエウの顔に押しあてた。わたしが手を放すと、ハファエウは自分でタオルを持ち、涙を吸いとった。

わたしは身を翻し、カムが入ってこられるようスペースをあけた。カムの声はきわめて冷静で、感情をうかがわせないものだった。その声を聞いただけでは、目を真っ赤に泣き腫らしていることなどわからなかっただろう。

「そのままじっとしていて。いま、レナードとスーツを脱がすから」

ハファエウがなにか答えたとしても、タオルでくぐもっていて聞こえなかった。わたしたちがスーツを脱がしにかかると、ハファエウのからだからは力が抜け、なんの反応も示さなくなった。カムは絶えず、たいして意味のないことばをささやきかけている。まるで自分の声がハファエウの心をつなぎとめるテザーになっているかのように。ある時点で、パーカーもやってきて、スーツから解放されたハファエウに手を貸し、カムといっしょに診療モジュールへ連れていった。あとにはわたしとレナードだけが残された。つぎはレナードがスーツを脱ぐのに手を貸す番だ。それがすんだら、いっしょに二着のスーツをしまう。

EVAスーツを脱ぐのを手伝うあいだ、レナードはずっとこわばった表情をしていた。会話を交わしたのは、IACの規定にしたがい、船外活動後のチェックリストを口にするときだけだった。最後のブーツを格納ロッカーに収めると、レナードは宙に浮いたまま、テラサスのスーツが収まるべき空きスペースを凝視した。

「エルマ？　すまないが……」両手で顔をおおう。「いいかな――？」

わたし自身も、あふれそうになる涙を必死にこらえた。鼻の奥がつんと痛い。わたしは宙をただよっていって、レナードに近づき、そのからだを抱きしめた。そのままわたしたちは、ゆるやかに回転しながら、宙をただよいつづけた。わたしたちの悲しみの現われを、あたかも星座のごとく周囲にまとわりつかせて。

ハファエウは診療モジュールで眠っている。

厨房には四人が席につき、フローレンスが入れてくれたホット・ココアを飲んでいた。レナードはカムのとなりでウールの毛布にくるまり、うずくまっている。毛布の色はグレイだ。カムはココアに語りかけられているかのようにカップの中を見つめていた。

わたしは自分のカップを両手で囲いこんだ。熱いココアが温めてくれているはずなのに、手が凍てついたように冷たい。ハファエウのスーツに手を触れて何時間もたっているが、それでもこのありさまなのだ。原因はスーツとの接触にある——と自分には言い聞かせていたものの、じっさいには、手だけではなく、全身のいたるところが凍てついてしまったように感じられた。まるで悲しみが関節という関節を凍てつかせてしまったかのようだ。そして、それは——。

ごくりとつばを飲みこみ、カップを持ちあげた。

おりしも、パーカーが梯子をすべりおりてきた。目のまわりがまだ赤い。腕には一本、瓶をたばさんでいる。うつむきぎみに厨房へ入ってくると、その瓶をテーブルの真ん中に置いた。ブランデーだった。

フローレンスが背筋を伸ばし、瓶に手を伸ばした。

「こんなもの、どうやって船内に持ちこんだの？」

「なんの話だ？　船内になにを持ちこんだって？」パーカーはベンチの端、わたしの横に腰をおろした。「ミッション管制センターはＩＡＣの宇宙船内にアルコール類を持ちこむことを厳に禁じている。文化上の衝突を避けるためだ」

カムは苦笑し、レナードのカップをフローレンスのほうへすべらせた。

「ムスリムとしては飲酒できないけれど、医師として薬効は認めるわ」

わたしもカップをすべらせた。

「ドクターに薬効があるといわれちゃね」

パーカーはテーブルに両ひじをつき、両手で頭を支え、そうやってテーブルを見つめたまま一同に語りかけた。

「相談がある。亡骸をどうするかだ」

「収容袋はやめて」カムのカップで、ココアがはねた。

「ミッション管制センターは使えといってきている。テラサスがすでに凍りついているからだ」

「だめよ」わたしはかぶりをふった。怒りが背筋を突きあげてきた。その怒りがもたらす熱量がありがたかった。冗談じゃないわ。ナサニエルはもう二度と収容袋は使わせないといっていたのに。だが、当のナサニエルはいま、ＩＡＣにはいない。わたしは歯嚙みし、しゃべれるようにと、ぐっと怒りを呑みこんだ。「それは勧められないわ」

「同感だ」パーカーはなおもテーブルに視線を落としたままだ。「きみの報告に基づけば、ただでさえトラウマを負ったクルーに対して、ますますトラウマをかかえこませることになる」

「パーカー……」カムがテーブルごしに手を伸ばし、テーブルについたひじのいっぽうに触れた。「わたしたちはみんな、疲れきっているし、ショックを受けてもいるわ。それを決めるのは、もうすこし待ったほうがいいんじゃないかしら」

「それはわかっている」パーカーは居ずまいを正した。その顔には軍人の冷静さが戻っていた。「だが、この件はアヴェリーノが目を覚ます前に解決しておきたい。この件を議論するところを聞かせたくないんだ。だから、みんながつらいのは承知のうえで、いまのうちにこの問題を解決しておこうと思う」

肩の毛布をかきよせるようにして、レナードがいった。

「エステバンはまだブラケットにひっかかったままでいる。まずはその状態から解放してやらないと。そのためには、冷媒管から完全にアンモニアが抜けていることを確認しなくてはならない」ごくりとつばを飲んで、「あらためて」

「ほんとうなら、とうに抜けているはずでしょう」

これはわたしだ。思いのほかきつい口調になってしまった。

レナードは両手をふりあげて、

「圧力計はゼロを示していたんだ」

「やめないか」パーカーが片手を広げてテーブルに置いた。「いまは責任の所在をほじくっている場合ではない。いまはどうやってエステバンを解放するか、この問題を解決すべきだ。現状では、冷媒管は切断されている。アンモニアは抜けていると見ていい」

「エステバンを解放するためには、あらためて船外活動《EVA》をしないといけないわね」わたしはうなずき、全員がかぶっている冷静さの仮面に——これもまた訓練のひとつにすぎないというそぶりに——合わせようとした。「レナードにはわたしが同行してもいいわ、冷媒管の……ブラケットを処理できる状態にするために」

「そのあと、どうするの？」フローレンスが立ちあがり、レンジのそばへ歩いていった。「エステバンを船内へ？」

レナードが肩ごしにフローレンスをふりかえった。フローレンスは新しいカップを出そうとしているところだ。レナードは答えた。

「エステバンは片腕を伸ばした状態で凍りついている。あの姿勢では、エアロックに収容するのはむりだ。それに、ブラケットから解放するには、ある程度の……その……作業、が必要になる。エステバンの片足には冷媒管が刺さって、アンモニアの氷が張りついた状態なんだ。それについても……それについても、作業が必要になる」

ハファエウを除けば、レナードは……問題の箇所をその目で見た唯一の人間だ。しかし、働き蜂《ビジービー》に乗ればほかの者もようすを見にいけるし、別の使い道もある。

「働き蜂を使ってはどう？　エステバンを収容できるんじゃない？」

「なんのために働き蜂を？」パーカーの顔にはまったく表情がない。

「だって……あれなら空気があるところで作業ができるでしょう」

　レナードがうなずいた。

「そうだな、働き蜂の大型ハッチならエステバンを通せるだろう。ただ――」顔をしかめ、首をかしげて、「そうなると、艇内でアンモニアの氷が融けてしまう」

　フローレンスがココアのカップをパーカーの前に置き、レナードにいった。

「だったら火星スーツを着て対処すればいいでしょうに。アンモニアの補充をしなければならなくなった場合はそうするって、あなた、パーカーにいってたでしょう」

「聞いていたのか？」

「ベイビー、わたしはすべてを聞いてるのよ」フローレンスはパーカーの肩に手をかけ、パーカーが手を伸ばしてカップをとるまで、あえて放そうとしなかった。「わたしがこの船で担っている仕事はひとつだけ。洗濯だなんていわないで。あれはそんなことも満足にできない無能な連中のためにやってあげてるだけだから」

　パーカーはカップの中を覗きこんだ。

「ともあれ、最終目標を決めねばならんな」結局パーカーは、ココアに口をつけないままカップを置き、立ちあがった。マーカーを手にとってキャップをはずし、ホワイトボードに向きなおる。「思いつく選択肢はこの四つだ」

そういって、ひとつずつ書きだしていった。

宇宙葬
火星で埋葬するため保存しておく
地球で埋葬するため保存しておく
収容袋

最後の選択肢については線を引いて消した。

「これはすでに除外した」パーカーは肩ごしにわたしたちを見まわした。「ほかに思いつく方法はあるか？」

全員がホワイトボードを見つめた。わたしは手をあげかけたが、途中で思いとどまった。なぜなら、頭に浮かんできた選択肢は、およそ現実的なものではなかったからだ。それを選んだ場合、さまざまな不都合が生じる。

「ヨーク？」

「いまのは、とくに――」だが、ここでアイデアを出しておけば、それをもとにだれかがもっといい案を思いつくかもしれない。問題解決の場はそのためにある。「火葬よ」

パーカーはつかのま口をすぼめてから、ひとつうなずき、ホワイトボードに書いた。

「ほかには？」

レナードが手をあげた。どうしてだれもが挙手をして発言するようになったのだろう。まるで学級の子供たちだ。

「火星で埋葬するかわりに、火星への大気圏突入時、火葬に付すのはどうかな」

パーカーはうなずき、それも書きとめた。そのとなりには、これもだ。

地球への大気圏突入時に火葬

「ほかには？」

しばし空気循環ファンの音に加えて、冷蔵庫の音、船の遠心力リングが回転する静かな駆動音、それしか聞こえない状態がつづいた。わたしはココアを飲んだ。甘すぎる液体は糊のように口腔内をおおった。カップを置き、ブランデーの瓶に手を伸ばす。

なおもホワイトボードをにらんだまま、パーカーが問いかけた。

「当人が望むとしたらどの形か、見当のつく者は？」

「それはハファ――」カムがいいかけて口を閉じ、自分のカップに視線を落とした。

「必要以上にハファエウを苦しめることはしたくない。ただでさえ重い罪悪感を背負っているんだ。これ以上の重荷は酷だろう」

「そうじゃなくてね――ふたりはその、とても……仲がよかったから」

カムはまた視線を落とし、下唇を噛んだ。

わたしがすでにその意味に気づいていたことは、隕石落下後、世界がどれだけ変わってしまったかの証拠のひとつだろう。非番のとき、ふたりはいつもいっしょにいた。そしてしじゅう、触れ合ってばかりいた。それにハファエウは、あのコンドームをだれが使ったか知っていた……。

テーブルを見まわして、みんなもやはり、うすうすそれに気づいていることがわかった。とはいえ、だれかがそれを口に出していうほど、世界はまだ変わってはいない。ふたりは軍人同士だった。そして、ミッション管制センターもこの種のことが〝めずらしいことではない〟と知っている、とカムは断言していた。

パーカーはためいきをつき、うなじをさすった。

「いいだろう。ここに書きだした各シナリオについて問題を検討していこう。シャモウン……すまないが、この選択肢をアヴェリーノに見せて、意見をきいてきてくれるか。診療モジュールからわざわざこさせるより——」

「ええ、きいてくる」カップを囲む手にぐっと力をこめて、カムはうなずいた。「こんなときには、一杯やりたくなる気持ちもわかるわ」

テラサスの葬儀のため、〈ピンタ〉のクルー全員が〈ニーニャ〉にやってきた。ただし、デビエルだけは〈ピンタ〉に残っている。どちらの船も、完全に無人にしておくのは危険すぎるからである。ベンコスキーが人選で見せてくれた配慮がありがたかった。

みんなが集まっている場所は菜園モジュールだ。ヴィルバートとグレイアムが演奏するフルートとバイオリンの二重奏が流れるなか、わたしたちは前後二列の席に沈痛な面持ちですわっていた。

厨房からベンチを、診療モジュールから椅子を運びこんできたのは、フローレンスとわたしだった。わたしがすわっているのは後列の、ベンコスキーとフローレンスのあいだだ。わたしの前の席にはハファエウが、カムとレナードにはさまれてすわっている。痛々しいほどきちんと居ずまいを正しており、その姿勢を見るだにますます胸が痛んだ。

ハファエウの前の、ラディッシュ菜園を隔てて向かいには、一種の火葬壇を設けてある。

なにかを焼くわけではない。だれかを焼くわけではない。小さめの梱包箱をいくつかとロッカー用の扉を使って、ゆるやかにうねる緑の葉の上にやや高くなった壇を築いただけだ。

その壇の上に、テラサスの亡骸が横たわっていた。カムは遺体全体をリネンですっぽりとくるんでおり、こうして見るとミイラのようにも見える。顔をおおう部分の一角には、テラサスのフライトスーツからほぐした青い糸を使って、シンプルなラテン十字が刺繍してあった。これはフローレンスの手になるものだ。わたしは用済みのパンチカードと報告書を材料に、縁を丸めたりねじったりして紙細工の花束を作り、胸をおおうリネンの上に捧げておいた。

思うに、故郷を遠く離れてもなお、わたしたちはさまざまな儀式や慰めにしがみつく。テラサスはカトリックだが、わたしは心の中で追悼の頌栄《カディーシュ》を唱えた。ほかのみんなも、ルビーのときにはできなかった形でテラサスを見送っている。ルビーの場合は葬儀をしないよう指示されたからだが――どちらにしても、わたしたちは全員、葬送の儀式を必要としていたし、パーカーがミッション管制センターの指示を無視してくれたことに、わたしは心から感謝していた。

やがてグレイアムとヴィルバートの演奏がおわり、あとには緑の葉の静かなさやぎと、各自の不規則な息づかいだけが残った。ここで前列のパーカーが立ちあがり、テラサスの亡骸の前に歩いていった。

「人の死を悼むよい方法などありはしない。しかし、故人を記憶しておくことはできる。心に刻んでおくことはできる。エステバン・テラサスとはじめて会ったのは戦時中だった。ノルマンディー上陸作戦のさい、ある基地で休息をとっていたところ、わたしはある若い女性に声をかけた。それがたまたまエステバンの妹だったんだ。わたしのほうが階級が上であるにもかかわらず、そしてスペインからフランスへ逃げてきた立場であったにもかかわらず、エステバンはわたしに……もの申した」パーカーはそこで片頬を歪め、つかのま、わたしの視線をとらえた。「わたしは今後も、エステバンのことを強烈な右フックの男として記憶しつづけるだろう。じっさい、エステバンは恐れを知らず、忠誠心に富み、友人たちに対してはこのうえなくみごとな道化者《パジャッソ》でありつづけた。わたしは副パイロットとして彼に支えてもらえたことを誇りに思う。そして、エステバンの友誼《ゆうぎ》を得られたことをいっそう誇りに思う」

わたしの前にすわるハファエウの背がこわばった。肩の動きがとまったところを見ると、息をとめたのだろう。わたしはその背中にそっと手をあてた。つかのま、ハファエウはわたしの手に背中をあずけ……つぎの瞬間、その身を包んでいた殻が割れた。ハファエウが前のめりになり、両手を口にあてがう。それでもなお、漏れる嗚咽《おえつ》を抑えることはできなかった。

カムがすわったまま横に向きなおったが、そのときにはもう、レナードが長い両腕でハファエウを抱きしめていた。カムはそんなふたりをともに抱擁し、レナードともどもハファエウをはさむ形になった。ベンコスキーが前列にまわりこみ、抱擁に加わった。その流れに導かれるようにして、わたしも背後からハファエウを抱きしめた。最終的に、室内にいる一〇人全員がベンチや椅子ごしにかがみこみ、あるいはたがいに重なりあう形で、ひとかたまりになり、ハファエウを抱きしめていた。それはまるで、わたしたちがみずからのからだを使って、悲しみに対する融除被膜を作ろうとしているかのような光景だった。

こんなとき、人は時間を忘れてしまう。息をすることも、ほかのどんなことも忘れてしまう。感じるのは、自分たちの身内に渦巻き流れる、悲愁の波のみ——。泣いているのは、ひとりハファエウだけではなかった。

わたしはその典型的な証拠にほかならない。

ゼロGでの棺側《かんそく》葬送者には、地上とは異なる役割がある。ハファエウとレナードはリネンにくるまれたテラサスの亡骸を引いて芯廊《スピンドル》をただよっていき、エアロック内に収めた。

ハファエウの自制の鎧《よろい》は、菜園モジュールで一時的に崩れたときを除き、安定している。

もっとも、心中はまったくおだやかではないだろう。見かけの冷静さにだまされる者はだれもいなかった。

ふたりがエアロックの外扉を開く前、パーカーがほかの全員を展望ドームに集めたのはそのためにちがいない。ほんとうなら、ハファエウもドームにこさせるべきだったのだが、もしそう命令していたとしても、拒否されていたことは確実だ。

クルーは左舷側に並ぶ展望窓の前に集まった。宇宙では左舷も右舷も意味をなさないが、古くからの用語はなかなか切り替えられない。ハイディがわたしのそばにただよってきて、両腕で自分自身を抱きしめるような姿勢をとり、宙に浮かんだ。

地球での葬儀では、通常、故人のことをふりかえり、思い出話にふける。しかし、この二日間というもの、強いストレスにさいなまれ、パイを焼きたい、キャセロール料理を作りたいという思いに取り憑《つ》かれるいっぽうで、どうやってふつうの会話を切りだせばいいのか、どうしても《フォー・ザ・ライフ・オブ・ミー》思いだせずにいた。

もちろん、この〝たとえ命がかかっていても《フォー・ザ・ライフ・オブ・ミー》〟というフレーズは、けっしてこの場にふさわしいものではないのだが。それくらいはわかっている。

展望ドームは船体からそれなりに出っぱっているので、船体の後端までもが見わたせた。ドームは太陽側にあるため、船体は銀色に輝いて見える。船の背景に広がる宇宙は漆黒だ。

この圧倒的な黒さにはいつまでたっても慣れることができない。〝深い〟黒？　この形容は適切だろう。〝深い〟というと、どこまでも永遠に落ちていきそうな印象を与えるからである。

　そして、わたしたちがテラサスにしようとしているのは、まさにそれだった。

　スピーカーからザッとノイズが走り、ハファエウの声が流れた。

「レディス・アンド・ジェントルメン」声がかすれている。咳ばらいをして、ハファエウは言いなおした。「レディス・アンド・ジェントルメン。ますますスリリングな展開を迎えます今回、われらが恐れを知らぬ冒険家、エステバン・テラサスは、いよいよ深宇宙の探険に乗りだします」

　船尾方向の舷側《げんそく》から、いくつものペーパーフラワーが放出された。つづいて、テラサスの亡骸が送りだされた。リネンの屍衣にくるまれて、魚雷のようにも見える亡骸は、本来なら真横に押しだされ、慣性の法則にしたがって、船と並走しつつ、横に離れていくはずだったが……後ろ向きの角度がついてしまったのか、船体にそってゆっくりと船尾方向へ流れていった——まるで、船体をじっくりと目視調査しているかのように。ああ、なんと勇敢な、恐れ知らずの冒険家なのだろう。

　思わず展望窓から顔をそらし、目をつむった。神よ……わたしはテラサスといっしょに月へ行きました。わたしにとって初めての宇宙飛行は、あの人物といっしょでした。あれから何年もたったいまでも、ついきのうのことのように憶えています。

「ちょっと待った――」テラサスがわたしの腕を取り、窓を指さした。「あれを――」広大な暗黒以外、窓の外にはなにも見えない。知識のうえでは、地球の夜の側に入ったことがわかっている。わたしたちはいま、地球の影の側を飛んでいるのだ。と、そのとき、魔法が夜空を埋めつくした。

星々が顔を出したのである。

何百万もの星々が、鮮明に、鮮烈に、荘厳に。

あのとき、〝あれを〟のひとことで、テラサスは外を見るようにとわたしにうながした。いま、わたしは目をあけた。そうであれば、見とどけなくてはならない。太陽の方角を向いているため、宇宙には星々が見えない。しかし、わたしが作った何輪ものペーパーフラワーは、漆黒の宇宙に散らばって太陽光を浴び、信じられないほどまばゆくきらめいている。そのただなかにあって、テラサスの亡骸は、すべての輝かしいものに囲まれつつ、回転しているかに見えた。

「ちょっと待って。まさか……」そのとき、フローレンスが宙に浮かびあがり、展望窓に顔を近づけ、片手をガラスにあてた。「まずいわ。そんな……なんてことなの」

その瞬間が訪れる前から、フローレンスは激突に気づいていた。彼女のことばを聞いて、わたしたちはようやく警戒し、悲劇的な瞬間を目《ま》のあたりにした。

テラサスの亡骸が、地球を向いたアンテナに激突したのである。

27

チリ政府、鉄道を接収
広がるストと暴動対策で

［サンティアゴ（チリ）発　一九六三年五月二十日］　食糧不足に抗議する市民数千人規模のデモが拡大の一途をたどっていることを受け、チリ政府は本日、鉄道を軍の管理下に収めた。政府はさらに戦略的拠点を守る警備隊を増強し、放水銃装備で市街を巡回する警官隊の数も増員している。

ミッション管制センターの指示を受けて、〈ニーニャ〉のクルーは全員が〈ピンタ〉へ一時移動することになった。〈ニーニャ〉の破損が原因である。七カ月のあいだ、自分以外、たった六人しかいない船内で暮らしてきたあととあって、移乗してからの一〇日間は違和感が強く、閉所恐怖さえおぼえそうになったほどだった。

　月曜朝のスタッフ・ミーティングで、わたしは壁に押しつけられる格好になった。〈ピンタ〉の厨房に両船のクルー全員が集まったのだから、ぎゅうづめになるのも無理はない。パーカーとベンコスキーは、いままでの感覚では〝うしろ〟に思える壁を背に立っている。この使い方には妙に方向感覚を狂わせられた。

　二隻はまったく同じ造りになっている。当初はどちらのクルーも、相手の船で違和感をおぼえることはなかっただろう。しかし、七カ月間、別個のグループが使用してきた結果、双方の使い方はずいぶん変化していた。ひと目でわかる違いのひとつは、ハイディが壁という壁に高山植物を植えた花壇の絵を描いていたことである。もっとわかりにくい違いもいろいろあった。たとえば、コーヒーカップが左側の戸棚の一段めではなく、右側の三段めにしまってあることだ。カトラリー用の引き出しをあければ、ナイフとフォークのあいだにスプーンが収納されている。〈ニーニャ〉では、スプーンは右端だった。そのほうが並べ方としては理にかなっている。どうしてここでは、テーブルに並べるのと同じ順番で引き出しにしまわないのだろう。

　なによりも不思議だったのは、ホワイトボードを〈ニーニャ〉と反対側の壁を背にして置いていることだった。違和感があるばかりか、こちらに置くのは不自然だという感覚を禁じえない。パーカーもマーカーを持つたびに、つい反対側を向きそうになる。

「よし。最重要課題は〈ニーニャ〉の冷却システムを復旧させること。そしてアンテナを修復することだ。〈ピンタ〉チームとしては、なるべく早くわれわれに出ていってほしいだろうが、ここはていねいに、時間をかけて、適切に対処するほかあるまい。両チームが同じ船にいることで、双方の知恵と力を結集できるメリットもある。ミッション管制センターは、先方がうまくいきそうだと判断したプランをまとめてきた。まず冷却システムの復旧から検討しよう」

パーカーはホワイトボードに向きなおり、ふたりの名前を書いた。

「ヨーク。きみとわたしは〈ニーニャ〉の船橋《ブリッジ》に詰める。今回はわたしの副パイロットを兼任してもらいたい。ただちに準備をはじめてくれ」

厨房にいる全員がざわめき、わたしの顔は真っ赤になった。またハイスクールに戻ったような気分だった。あのときみんなは、だれよりも四歳は若いわたしをキックボール・チームに選んだ。ほかに成り手がなかったからではない。体力で劣ることを承知のうえで、真っ先に選んだのだ。

しかし——今回はからかわれているわけではない。それはわかっている。いったん頭に昇った血が下がり、冷静さが戻ってきた。パーカーはルールにしたがっているにすぎない。わたしを選んだのはミッション管制センターであって、パーカーはその指示にしたがってわたしを受け入れた――それだけのことだ。

「シェーンハウスとフラナリー、きみたちには船外活動《EVA》を担当してもらう。アヴェリーノとグレイはふたりの準備を手伝ってくれ。デビエル、きみとステューマンは――うん？ どうした、サバドス？」

ドーン・サバドスは不満顔で、ただでさえとがった頬骨を、皮膚を突き破って飛びださせそうなほどとがらせているように見えた。

「ミッション管制センターがEVAに指定してきたのはヴィルバートとデビエルよ」

「指摘に礼をいう。だが、それは知っている」

パーカーはホワイトボードに向きなおった。ベンコスキーは腕組みをし、ドーンの視線をとらえ、小さくかぶりをふってみせた。それを受けて、開きかけた口をドーンが閉じた。デビエルは厨房の横手でカウンターにもたれかかり、むすっとした顔であごを引いて、上目遣いにパーカーを見すえている。レナードは驚き顔になっていた。肌の色が黒さを増して見えるのは興奮しているからだろう。

「デビエル、きみは働き蜂《ビジービー》担当だ。なにか起きたらただちに〈ニーニャ〉チームを回収し、可及的すみやかに医療処置を受けさせてくれ。きみの最初の役目はシャモウンに協力し、働き蜂を移動診療室にするため必要な改修を加えることにある」

この組み合わせには不安があった。クルーの診察で定期的に〈ピンタ〉を訪ねていたとき、デビエル特有のレイシズムは、病気で伏せっていたときほど露骨ではなかったものの、それでも折にふれて差別的な言動が顔を出していたからだ。しかし、ミッション管制センターにそれを報告する者はだれもおらず、せいぜい〝〈ピンタ〉の副パイロットと医療の専門家とは、最適とはいいがたい関係にある〟という一文が送られるくらいだった。

「アヴェリーノ、シェーンハウス、フラナリーは、ミッション管制センターが送ってきたEVAプランを徹底的に検証してくれ。地球を離れて七カ月、向こうは当方の現状を把握していない。プランに穴がないか、入念に調べてほしい。潜在的な欠陥がないかについてもだ。すこしでも怪しい点があれば、きみたちの判断を優先する。いいな？」

ハファエウが床を見つめたまま、小さく肩をすくめた。

「おれの判断を信じるやつなんているのかね」

「指示に異論があるのか？」

ハファエウははっとした顔になって視線をあげた。

「いえ、ありません」

「だったら、しゃんと背筋を伸ばして役割に集中しろ」パーカーはマーカーをハファエウに突きつけた。「きみには果たすべき役割がある。そしてわたしはきみがその任に堪《た》えると信じている」

　これは少々酷だろう。ハファエウはまだショックから脱しきれておらず、悲しみに打ちひしがれているところなのだ。あれは断じてハファエウの落ち度ではないが、みんな気をつかい、本人がそう思いこむのをとめようとはしていない。あれ以来、ハファエウは自己憐憫《れんびん》と自信喪失にさいなまれ、すべてが自分の——ああ、そうか。パーカーはハファエウに目的を与えようとしているんだ。なんということだろう。たしかにパーカーには腹のたつことが多い。しかし、これが的確な方針であることは認めざるをえない。

　そこでパーカーがマーカーを手の平にぱんぱんと打ちつけ、一同の注意を集めてから、全員をじろりと見まわした。

「故郷を離れること、とうに一億キロを越えた。七カ月前に地球周回軌道を出発するまで、われわれはこれほど長期間、せまい空間で起居を共にしたことはない。ゆえに、いくつか改めて注意を喚起したい。ひとつ。わたしがミッション・コマンダーだ。ふたつ。ベンコスキーは序列第二位にある。わたしになにかあれば、ベンコスキーにしたがってもらう。ベンコスキーの指示はミッション管制センターの指示に優先される。なぜなら、どれほどセンターにすぐれた頭脳が集まっていようとも、現場でわれわれになにができるかまではわからないからだ。地球ではわれわれの置かれた状況の機微を知りえない。ということは、判断ミスもするということだ。前回のＥＶＡではわたしも判断ミスを犯した。レナードが適任であると知りながら指名を強行しなかった。そこで、諸君に頼みがある。失敗の元と思う点は遠慮なく指摘してくれ。きみたちには問題解決に取り組んでほしい。きみたちのだれひとりとして失敗の元などでないことは知っている。ここにいる一二人、この部屋にいる全員、それがわれわれの世界を構成する全成員だ。したがって、諸君は各自の仕事に全力をあげ、わたしには自分の仕事に集中させてもらいたい」

なんとも不思議な気持ちだった。パーカーに拍手を送りたくなるなんて。

一九六三年五月二二日

愛しいナサニエル

悪妻かもしれないわね。あなたの健康状態を聞いてからこの手紙を書くまで、何日もかかってしまったんだもの。放置していてごめんなさい。でも、事情はわかってくれるでしょう。このところ、することが多すぎたし、フローレンスに余分なテレタイプを打つ労力をかけさせたくなかったのよ。フローレンスが遠慮しないでいいと何度もいってくれたおかげで、こうして手紙を出せているんだけど。とてもありがたいことだわ。

ヴィルバートとレナードがアンモニア冷却システムを部分的に修復したことは、もう知っているわね。また完全な冷却能力を取りもどすことをみんな期待しているわ。全システムを復旧させるに越したことはないし、なんといっても、住み慣れた環境がいちばん。〈ピンタ〉のクルーはみんなよくしてくれるけれど、一隻に両方のクルーがぎゅうづめになっているので、しじゅうだれかとぶつかっているありさま。クルーが倍になれば仕事量は半減すると思われそうだけど、人が増えたことで新たな仕事も増えたというのが実情よ。

トーマスがきたら、あなたにもその意味がわかるわ。あの子がインターンとしてくる話、いまも変わっていないわよね？　変わっていないといってちょうだい。なぜかというと、あの子がくるからには、あなたの健康が回復しているということだし、あの子がくればきちんきちんと食事をとるようになるからよ。

いま、えー？　という顔をしたでしょう。一億キロ以上離れていても、ちゃんと見えてるんだからね。どんなに離れていても、わたしがあなたに小言をいえることを忘れないで。

結婚のその他の側面は、そばにいないと成立しないものばかり。だから、同じ重力場でまたいっしょにいられる日を楽しみにしているわ。

愛をこめて
エルマ

パイ生地作りには、妙に心を落ちつかせる効果がある。必要な材料は三種類だけ。それを混ぜ合わせれば魔法の生地のできあがりだ。ほんとうは本物のバターで生地を作りたいところだが、持たされたバター風味のマーガリンは日保《ひも》ちがするし、さほど悪くはない。もっとも、宇宙で食事をするようになって、もうずいぶんになるので、わたしの〝さほど悪くはない〟という評価は、もはやあてにならなくなっている。

さいわい、それはみんなも同様だから、わたしの手作りチョコレート・チェスパイはいまも歓迎されていた。運がよければ、みんなの気分を引きたたせてもくれる。〈ピンタ〉に移ってから二週間、こう密集状態がつづくと、人はぎすぎすしやすい。

わたしはボウルをつかみ、安定させるため腰骨にあて、フォークを使ってマーガリンを粉に切り混ぜた。もうフィリングは作ってあり、カウンターの上でチョコレート・ソースにひたしてある。試行錯誤を通じてわかったことだが、粉ミルクを使うときは、焼く前に寝かせておくと歯ざわりがほどよくなっていい。これはIACが予想もしなかった、宇宙での数多い適応例のひとつだ。

一隻の船に二隻ぶんのクルーを押しこんだことについても、そんな適応例は見られた。わたしが厨房で料理をしているときには、いつもうしろに〈ピンタ〉のクルーのだれかがいて、レクリエーション・スペースとして使っている。厨房をそんな用途に使おうと思ったのは、展望ドームを〈ニーニャ〉チームにゆずり、住み分けるためだろう。最後に覗いたとき、ドームにはフローレンスとカムがいた。

ドーンとハイディは、梱包箱とそのふたで作った間にあわせのテーブルを持ちこんで、ジグソー・パズルを広げている。できている部分からすると、ベネツィアの運河のようだ。デビエルはすわってコーヒーを飲みながら、故郷からの古い新聞を読みふけっていた。

どのような対象から安らぎを得るかは、人それぞれでおもしろい。しばらく無聊《ぶりよう》をかこっていると、本来なら読まない記事までもが安らぎの源になるらしい。わたし自身、興味のなかった野球の記事をよく読むようになった。〝シカゴ〟や〝サンフランシスコ〟という単語見たさにだ。

カットしたマーガリンを粉に切り混ぜ、ほろほろの状態からパイ生地にまとめて、ボウルをカウンターに置く。つぎに水を大さじ四杯。家では三杯しか入れないところだが、宇宙船内は乾燥ぎみなので、ほどよい固さにするにはもう一杯ぶん必要になる。

おりしも、ハファエウが昇降シャフトの梯子をすべりおりてきて、足が床に触れるや、すばやく向きを変え、つかつかと厨房に入ってくると、自分より背が高いデビエルの前に立ち、手書きの張り紙を胸にたたきつけた。紙は糊で張りついたままとなった。

「これはおまえのしわざか」

「なんのことだ」

デビエルはハファエウの手を押しのけた。それでわたしにも張り紙の文字全体が見えるようになった。そこにはこう書いてあった。

〝有色人種専用トイレ〟

わたしは計量スプーンのセットをカウンターにたたきつけた。

「最低！」

「ゼロGトイレに張ってあったんだ」ハファエウは新聞をデビエルの手から奪いとった。

「失せろ。サルに櫛でもかけてるがいい《ヴァイ・ペンテアール・マカッコス》」

デビエルは椅子から荒々しく立ちあがった。反動で椅子がうしろに押しやられた。そうやって立つと、ハファエウとは一〇センチ近くもの身長差がある。ハファエウの目の前にそそりたち、見くだすようにして、デビエルはいった。

「なぜだ？　おまえから見たら、ブラジル人の肌色も黒いからか？」ハファエウは両手をデビエルの胸に押しあて、どんと突き飛ばした。「これでおまえも汚れたな」

デビエルも負けじと押し返した。つぎの瞬間、罵倒の応酬を経て、ふたりは殴り合いをはじめていた。こぶしと罵倒が室内に乱舞しだす。

わたしはふたりに駆けよった。

「ふたりとも！　やめなさい。やめて！　こんなこと――」

ふたりがもつれあったままこちらに向かってきたので、わたしはあわててあとずさった。ドーンはもっと合理的な行動をとった。壁のインターカムに駆けよったのだ。殴りつけるように通話ボタンを押して、

「パーカー、ベンコスキー。急ぎ厨房へ。喧嘩発生。応援求む、大至急！」

ハイディとわたしは殴りあうふたりから距離をとった。デビエルは鼻から血が出ている。そこへハファエウが、腹にもう一発、パンチをくらわせたが、それで近づきすぎたため、デビエルにつかまる格好になった。その体勢で組み合ったまま、ふたりは興奮した二匹のネコのようにぐるぐるとまわりだした。

隙を見て、わたしはチョコレート・フィリングのボウルをとり、両者の頭にぶっかけた。

どろどろのフィリングがふたりの頭にへばりつき、目と頬を泥のようにおおった。小さく毒づきつつ、ふたりが分かれたところへ、わたしとハイディが割って入った。

　わたしは両手をハファエウの胸にあてがい、デビエルに近づけさせまいとして、必死で押しやった。手の平ごしに、ソニックブームのように激しいハファエウの鼓動が伝わってくる。これだけ近いと、ハファエウがただ怒っているだけでなく、涙を流していることがわかった。頬を濡らしているのはチョコレートと入りまじった涙だ。

「おねがいだから！」わたしはハファエウのフライトスーツに指を食いこませ、押しのけられまいとした。「おねがいだから、もうやめて」

「デビエル！」

　ハイディの叱声が飛び、それにつづいて彼女がうめく声がした。その直後、ハイディがよろよろとわたしの視界に入ってきた。デビエルに突き飛ばされたのだ。

　一瞬ののち、デビエルが横手からハファエウにタックルした。わたしはハファエウのフライトスーツにしがみついていたため、ふたりもろとも横へよろめいた。

「なにごとだ、これは！」

　いきなり現われたパーカーがデビエルの片腕をつかみ、うしろからのどに前腕をかけ、ぐっと引っぱった。

ベンコスキーもハファエウを引き離そうとしている。わたしはハファエウのからだから手を放した。両手がチョコレート・フィリングでべとべとだ。両手がわなわなと震えており、アドレナリンがあふれているのがはっきりとわかった。ひざ裏や首筋で血管がどくんどくんと脈打っている。

「もういちどいう。なにごとだ、これは」

パーカーはいつのまにかデビエルの腕をうしろにひねりあげ、床にひざをつかせていた。パーカーのフライトスーツも、前面はチョコレート・フィリングだらけだ。

殴りあっていたふたりは、ともに床をにらむばかりで、ろくでもない軍人の〝誇り〟のせいか、パーカーの問いに答えようとはしない。手は平気で出すくせに、〝相手が悪い〟といいつのるのは〝名誉〟にもとる行為らしい。もっとも、殴り合いをしていた事実は、たとえわたしがチョコレート・フィリングをぶっかけなかったとしても、ふたりのようすを見れば明々白々だった。

「ヨーク。状況説明を」パーカーがわたしに鋭く視線を向けた。

どうやらわたしにもパイロットとしての〝誇り〟があったらしい。口をつぐんだままでいるのは、ハファエウを窮地に追いこみたくないからだ。先に手を出したのがデビエルであれば、ためらわずに状況を報告しただろう。しかし軍の感覚では、情状は酌量されない。

問題となるのはどちらが先に暴力をふるったのかであり、この場合、それはハファエウということになる。

「ヨーク、わたしが駆けつけてきたとき、きみは渦中にいた。そしてわたしは、こうしてチョコレートにまみれているありさまだ。状況を説明しろ。いますぐにだ」

わたしはためいきをつき、腰をかがめ、床から張り紙を拾いあげた。

「デビエルがこれをゼロGトイレに張っていたのよ」

デビエルが顔をしかめた。最初は張り紙を指摘されてたじろいだのだろうと思ったが、ゆっくりと、しかし鋭く息を吸ったことから、腹を立てているのだとわかった。パーカーはいっそう高く腕をねじりあげて、

「あれはおまえがやったのか？」

ハファエウの背後で、ベンコスキーがあきれはてたという顔をした。

「なんてことをしてくれたんだ、ファン」

いったいどうして、デビエルのような男がこのミッションに参加を認められたのだろう。デビエルはまるっきり悪びれたようすを見せていない。ほんのすこしもだ。ハファエウをあごで示して、南アフリカ人はいった。

「あいつ以外に張ってあるのを見たやつはいない。あいつが張ったんじゃないのか？」

パーカーはアフリカーンス語に切り替え、腰をかがめてデビエルの耳に口を近づけた。

「心の底から謝罪しろ《ベヒン・メット・エ・フェスコーニン・エン・ラート・マイ・フロー・ディット》、さもないと、火星にたどりつけないことにな《オフ・ヤイ・サル・ニー・ファーン・マルス・》るぞ《ラーク・ニー》」


パーカーがなにをいったのかはわからないが、そういわれたとたん、デビエルがすこし蒼ざめた。そこで、唇を湿らせようとして舌で舐め――けげんな顔になった。口についたチョコレートの味に当惑したらしい。

「向こうもおれに詫びを入れるんだろうな？」

ひっぱたいてやろうかと思った。たたいても無意味ではある。それでも、そんな衝動を抑えるのに苦労した。意外だったのは、さっきハファエウが衝動を抑えきれずに殴りかかったことだ。ハファエウはたぶん、クルーのなかでいちばん安定した人間なのに。しかし、いまは不安定になってもやむをえない事情がある。かわいそうなハファエウ……。


ベンコスキーにうしろから抱きとめられたハファエウは、がっくりとうなだれており、拘束されているというより支えられているように見えた。そこでハファエウは顔をあげて、

「殴ったことは悪かった。上官に懸念を報告するのが、この場合、適切な対処だったろう。問題を起こしたことについては謝罪する。それに、エルマのパイをだいなしにしたことについてもだ」

ハファエウの謝罪により、室内における重力の中心がデビエルに移動したことは、肌で感じられるほどはっきりわかった。わたしだったら、室内の全員から向けられるこの凝視にはとても耐えられなかっただろう。

パーカーはいまだ腕を放すようすを見せない。デビエルはとうとう前のめりになった。おそらく、ねじあげる力をさらに加えられたか、もう張り紙を作ったのが自分ではないといっても通用しないとようやく悟ったのか……いずれにしても、荒々しく吐息をつき、ねじられていないほうの肩をがっくりと落として、ぼそりといった。

「ただのジョークだったんだ」

「おもしろいジョークもあったものだ」パーカーはデビエルのうしろから顔を近づけた。だが、その視線を向けている相手はわたしだった。「しかし、ジョークだからといって、人の神経を逆なでしていい法はない。それにおまえは、まだ謝っていない」

わたしははっと息を呑んだ。デビエルは謝っていない。しかしいま、パーカーは謝ったのではないだろうか？　このわたしに対して？

「ふたりとも、頭が冷えるまで〝営倉入り〟を命ずる」パーカーはデビエルの腕を放した。「ベンコスキー、ふたりをたのめるか？」

「〝営倉入り〟の指示を確認」

ベンコスキーはハファエウを放してあとずさり、手を腰にあててふたりを見た。

ハイディ、ドーン、わたしの三人は、ベンコスキーがハファエウとデビエルを連行するあいだ、気まずい思いでその場に立ちつくしていた。三人が出ていくと、わたしはカウンターに歩みより、布巾を手にとった。背後から、パーカーがわたしにいった。

「このつぎは、ヨーク、チョコレートをぶっかけたりしないでくれよ」

「手近でつかめるものがほかになかったんだもの」

「それはわかる。だが、せっかくの旨いパイがだいなしだ」パーカーはそこで咳ばらいをして、「サバドス……この件、ミッション管制センターには報告しないようにな。地球でニュースにされるのは望ましくない。これは内々で処理する」

下唇をかみながら、たったいまナサニエルに書いた手紙を読み返した。きのうの喧嘩のことを書きたいのはやまやまだったが、報告を控えるというパーカーの方針には賛成だ。

手紙を書いた紙の一角は、展望ドームの空気を循環させるファンの風を受け、はたはたとめくれている。ドームにはほかにレナードも浮かび、火星探査機〈友情《ザ・フレンドシップ》〉からの最新データに目を通していた。同探査機は、着陸機《ランダー》を投下して以来、ずっと火星の周囲をめぐっているのだ。デビエルが監禁を解かれたため、レナードをひとり残してドームを去りたくはなかったが、通信モジュールにいくならフローレンスのシフト中にしておかなくてはならない。それにレナードは大人でもある。

わたしは咳ばらいをし、壁面を押して、レナードのそばにただよっていった。

「ちょっと通信モジュールにいってくる。なにかあったら、大声で呼んで」

「ぼくはだいじょうぶだよ、エルマ」

レナードは顔をあげてそう答え、頭をあげた反動を片手をひねって打ち消し、からだが回転しだすのを防いだ。

「わかってるわ。でも……」

おたがい、疑心暗鬼にとらわれていてはなにもできない。それは承知している。しかしわたしは、その懸念を払拭できていない。いまのところは、まだ。

わたしは空中で身をひねり、ドームの戸口に向かった。二隻のクルーが合同で暮らすにあたって合意されたことのひとつは、〈ニーニャ〉のクルーが出す手紙はフローレンスが送信する、〈ピンタ〉のクルーが出す手紙はドーンが送信するというものだった。それが心理的な障壁になっているので、なかなか手紙を書く気になれない。自分でキーを打つのではなく、フローレンスに入力の負担がかかることを思うと、長い文面にしにくくもある。それに、これ以上、フローレンスに恨まれる理由を増やしたくなかった。ナサニエルからの手紙が短くなったのも同じ理由からだろう。わたしたちの手短なやりとりには、もはや〝ゴミデータ〟が混じることはない。

床を蹴り、芯廊《スピンドル》を通信モジュールへ向かった。手紙は折りたたんで、フライトスーツのポケットに入れてある。見ると、スピンドルの前方で、通信モジュールの入口の前にパーカーが浮かんでいた。たがいの距離が縮まるにつれて、わたしは姿勢を変え、パーカーの顔を見た。パーカーは室内に視線を注いだままだ。

その顔には緊張の色が見てとれた。いやな予感がした。ガイドレールをつかんで速度を殺し、パーカーのすぐそばで停止する。モジュール内では、ドーンとフローレンスが通信ユニットにかがみこみ、その下にハファエウとヴィルバートが浮かんでテレタイプの中を覗きこんでいた。

「いったいなにごと……？」

「地球との通信が途絶したんだ」

28

第一次火星探険隊ミッション・ログ。ステットスン・パーカー隊長
1963年5月29日、午前11時47分――連絡手順完了。ＩＡＣとの通信が途絶して二日。いまだ復旧せず。

「ヨーク」いきなりパーカーに声をかけられて、わたしは飛びあがり、菜園モジュールに土をばらまいてしまった。復旧作業のじゃまにならないよう、菜園にこもっていたときのことである。「すまん、驚かすつもりは……。ちょっといいか？」

古い『フラッシュ・ゴードン』のコミックスに出てきた頭がからっぽの女キャラクターのように、わたしは胸に手をあてて、パーカーに向きなおった。パーカーの目は手を透かし、わたしの心臓が激しく脈打っているところを見てとったにちがいない。それでも、声だけは冷静さをたもって、わたしは答えた。

「いいわ」

「役割分担について意見をききたい」

わたしはパーカーに背を向け、園芸用品の棚に歩いていき、ホウキを取った。表向きは、ほかの人に土を踏まれて船じゅうに撒き散らされないよう、掃き集めておくていを装っているが、ほんとうは唖然として口を半開きにしている顔を見られたくなかったのである。パーカーがわたしの意見をききたい？　わたしの？　あいた口から空気を吐く音が漏れた。あわててごくりとつばを飲みこみ、やっとのことで返事を口にした。

「つづけて？」

ホウキを持ってふりかえると、パーカーは安堵した顔になっていた。だれなの？　この神妙な人物は？　パーカーはこくりとうなずき、用件を切りだした。すぐさま、自信に満ちたパイロットの顔が表面に戻ってきた。

「〈ピンタ〉の通信システムにはいっさい問題が見つからなかった。〈サンタマリア〉が発信してくる遠隔誘導信号はいまもちゃんと受信できている。なのに、地球からの信号は受信できない」

パーカーはことばを切った。そのためらいぶりからすると、表面上、とりつくろってはいるが、そうとう深刻に悩んでいるらしい。地球との連絡が途絶えてすでに二日が経過している。パーカーはつづけた。

「とすれば、問題はＩＡＣ側にあるのかもしれない」

「ＩＡＣがこちらに向けているパラボラアンテナは五基もあるじゃないの。加えて、予備システムと、さらにその予備システムもあったはずよ」

「そのとおりだ」

奇妙な話だが、なにか不具合が起こっているとしたら、二億キロ以上離れた地球の設備よりも、むしろ自分の乗る船のほうであってほしかった。なぜなら、そうでなかった場合、地球でなにかが起こったことになるからだ。もういちど巨大隕石が落下したとは思えない。流星体を監視する衛星はたくさんあるし、〈ルネッタ〉もあるので、もしも流星体を発見していたら、この船にも事前に連絡があっただろう。やはり、地球にはなにごともなく、みんな無事であり、通信が途絶した原因はこの船の電気系統にあるにちがいない。そうであってほしかった。

パーカーは語をついだ。

「ＩＡＣに問題がないのなら、原因は船にあることになる。その可能性を検証する最良の手段は、〈ニーニャ〉の通信機能を完全に復旧させて送受信機能を試すことだ。そこで、意見をききたい。アヴェリーノに船外活動《EVA》をまかせてだいじょうぶと思うか？」

ホウキを動かし、ちらばった土を掃き集める。あれ以来、ハファエウはだれとも争っていないが、依然として深い悲しみの淵にあった。とはいえ、プロフェッショナルではあり、〈ニーニャ〉のことはだれよりもよく知っている。

「だいじょうぶでしょう……ただし、三人体制にしたほうがいいわね、ソーラーパネルを展張したときのように。そうすれば、ハファエウがショック状態かなにかに陥った場合、ほかのふたりで船内に連れもどせるから」

パーカーはうなずいた。

「わたしも同じことを考えていた。そうなると、ほかのふたりはきみとフラナリーだ」

こんどはほんとうに声が出た。笑い声とあえぎ声の中間のような変な音――まるで腹にパンチを食らったような音だった。わたしは腰をかがめ、小さな土の山をチリトリに掃きこんだ。

「どうして急にわたしを信用する気になったの？」

「すまない」またしても謝られた。わたしはホウキの柄《え》を握りしめた。もしや宇宙怪物がパーカーのからだを乗っ取っているのではあるまいか。「わたしも……わたしも認識してはいるんだ――以前はけっして、きみと良好な関係になかったことは。だが、テラサスがいなくなったいま、〈ニーニャ〉船内でわたしに次ぐ先任宇宙飛行士はきみだ。副パイロットがいてこそ船は機能する。ＥＶＡにもその立場で参加してくれないか」

　パーカーは背丈ほどもある栽培棚のひとつにもたれかかり、床に視線を落としていた。そのようすを見て、遅まきながら、わたしは唐突に思いだした――パーカーはクルーのだれよりも古くからテラサスとつきあいがあったことを。軍人らしい冷静さの仮面をあまりにもみごとにかぶっているので、いままで気がつきもしなかったのだが、パーカーはだれよりも深くテラサスを悼んでいるにちがいない。冷静そうな装いは、あくまでも職務上のものにすぎないのだろう。

　わたしはかがめていた腰を伸ばし、集めた土をラディッシュのミニ畑に戻すと、ホウキとチリトリを片づけた。

「やりましょう。彼がいなくなって、わたしも心から残念だし」

　一見、リラックスしているような姿勢とは対照的に、パーカーのあごに力が入るのが見えた。依然として床を見つめたまま、パーカーはいつものとおり、こくりとうなずいて、

「助かる。フラナリーとアヴェリーノには話をしておこう。そのあとでＥＶＡのプランを立てる」パーカーは背筋を伸ばし、わたしとは目を合わせようとしないまま、戸口に向きなおった。「いまは当番の仕事をつづけてくれ。あとで呼ぶ」

ヘルメットの中で自分の呼吸音とEVAスーツのファンの音が鬩《せめ》ぎ合っている。わたしはエアロックの差圧計を見つめた。宇宙空間に面する外扉《がいひ》を開放するためだ。アンテナにいちばん近いエアロックには三人同時に使えるだけの大きさがない。たとえ各人が修理用工具袋を携行していなかったとしても、与圧されたEVAスーツの外被は硬く、柔軟性がないので、全員がいちどに通るのは不可能だ。だから修理班はもっと大きなエアロックのひとつを使った。ここは働き蜂《ビジービー》に荷物を運びこむために設計されたものだ。

各自のスーツの外では、繋留索《テザー》でつないだ工具袋がただよい、たがいにぶつかりあって金属音を立てている。まもなく差圧計が空気の完全排出を示し、エアロックの中は異様な静寂に包まれた。わたしはふわりと宙に浮かんで前に進み、与圧されて硬くなったグラヴを用いて外扉のロックを解除した。ついで、外扉を手前に引いて開き、命綱となるテザーを船外に引きだすと、〈ニーニャ〉の船殻を走るガイドレールにフックをかけた。

(接続を確認。スライド・ロック。黒と黒、よし)

つぎに、工具袋を宇宙空間に出し、これもガイドレールに接続した。つづいて、外扉のフレームに手をかけ、大きな開口部からふわりと外に出た。手すりのひとつにつかまって位置を変え、ガイドレールの向こう端まで移動する。あとからハファエウが出てくるスペースをあけるためと、第二のテザーをフックでつなぐためだ。

　二本のテザーはぴんと張って、わたしを船体につなぎとめた。ＩＡＣにあるＮＢＬ——無重量環境訓練施設《ニュートラル・ボイアンシー・ラボラトリー》のプールでは、こうはいかない。水の抵抗があるからだ。しかし宇宙では、テザーはぴんと張り、船体から離れていくわたしをつなぎとめてくれている。あたかも、これが訓練ではないことを思いださせようとするかのように。わたしは爪で引っかくようにしてグラヴの指を動かし、工具袋のテザーを手すりから自分につなぎかえた。これで芯廊《スピンドル》の外殻ぞいに、アンテナのところまで船体の上を移動していけるようになった。すべてをしっかり固定しおえ、ダブルチェックもすませてから、ここでようやくまわりを見まわした。

　宇宙空間に出ていると、胸にわだかまっていた悲しみや怒りが多少とも解放されていく気分になる。宇宙遊泳といえば、自分の一部はなんとなく青い世界を連想してしまうが、これはＮＢＬのプールの底で、〈ニーニャ〉のモックアップを相手に何時間も訓練をしたからだろう。だが、宇宙空間は濃密な黒だ。船内で照明をすべて消し、太陽とは反対側を眺めやれば、無数の星がくっきりと見えるが、そこにはつねに、部厚い多重ガラスという障壁がある。ＥＶＡでも、フェイスプレートのガラスを通して見ることに変わりはない。しかしそこに、視界の制約はない。

どれほど宇宙遊泳を重ねようとも、その魅力が減じることはなかった。星々はいつでも驚異を味わわせてくれる。果てしのない暗黒を背景に、星々は燦然《さんぜん》と燃えていた。わたしたちの船はといえば、太陽に照らされて、金と銀に縁どられた輪郭しか見えていない。

ハファエウが外に出てくるあいだ、わたしは息を殺してそのようすを見まもっていた。ようやく息ができるようになったのは、彼がテザーフックをガイドレールにつないでからのことだった。ハファエウはその状態で、わたしを見ることなく、広大な宇宙空間を眺めていた。宇宙遊泳中になにもすることのない時間は、わずかなこのひとときだけだ。

レナードが出てくるのを待つあいだ、わたしも無限の大宇宙を見わたした。これから先、何度このような星の海を見ても、聖なる印象をいだかないときはないだろう。わたしは小声でつぶやいた。

「汝に讃えあれ《バルーフ・アタ・アドナイ》、われらが神よ《エロヘイヌ》、宇宙の王よ《メレフ・ハオラム》、われらを生かしたまい《シェヘケヤヌ》、存続させたまい《ヴィキイエマヌ》、この時にいたらしめる者よ《ヴィヒギアヌ・ラズマン・ハゼ》……」

パーカーの声が無線からいった。

「もういちどたのむ、ヨーク」

「いまのは……」祈りのことばよ。「ひとりごとよ」

「イディッシュ語か？」

「ううん、ヘブライ語」いまはおよそ、パーカーの言語趣味につきあえる気分ではない。

「帰ったらレッスンしてあげましょうか」

「そのときまで、通信チャネルでは無用の発言を控えてくれ」

以前、言語を教えてくれとせがんだ人間が、それをいうのか。

もっとも、ＥＶＡを行なうにあたり、ミッション管制センターと連絡が取れない以上、パーカーがピリピリするのもむりはない。いくらこれが三日がかりで入念に考えたＥＶＡプランであってもだ。ここは要望に応えて、気持ちを軽くさせてやろう。

「イエッサー」

レナードがフックを接続し、船外に出てくると、エアロックの開口部に耐熱シールドをかぶせはじめた。非常事態が発生し、急いで船内に戻る必要が生じた場合にそなえて――そんな必要が生じないことを神に祈った――外扉はあけたままにしておく。すぐはがせるこのシールドは外扉の代用だ。

エアロックからこちらに向きなおり、レナードがいった。

「〈ニーニャ〉、こちらＥＶ１《ワン》。三人とも宇宙遊泳の準備完了。いつでも開始できる」

「準備完了を確認した、ＥＶ１。そちらの姿が見えている」

「さっさとやっつけてしまおう」ハファエウが勢いこんだ口調でいった。

その口調にせきたてられるように、わたしはエアロックのそばを離れた。

先頭をゆくのはレナードだ。わたしもそのあとから、手すりをつかんで慎重に移動していく。船体の外殻にそって進むわたしの脚は、空を飛ぶスーパーウーマンのごとく後方に伸びている。もちろん、スーパーウーマンはテザーでからだを船体につないだりはしない。宇宙空間にただよっていかないための対策を講じる必要がないのだから。しかし、テザーなしの宇宙遊泳なんて……考えただけでも身の毛がよだつ。EVAでの景観は好きだが、テザーなしでひとたび船から離れようものなら、以後は永遠に宇宙をただようことになる。その事実は忘れたくても忘れられない。もっとも、だからこそ、念には念を入れて二本のテザーを使い、つねに適切なテザー運用手順どおりに行動するわけだが。

(接続を確認。スライド・ロック。黒と黒、よし)

「甥がぼくのことをスーパーマンだと思っているのは、これのせいなんだ」

レナードが軽口をたたいたが、パーカーに注意されることはなかった。

わたしはつぎのガイドレールにフックをかけ、手前のガイドレールから第二のフックを解除してこれもつなぎなおすと、船体ぞいに進みつづけた。もしトミーがいまのわたしを見たら興奮して歓声をあげただろう。胸に熱いものがこみあげてきて、わたしはいった。

「うちの甥っ子もよ」

先頭をゆくレナードが、もげて失われたアンテナの基部に到達した。そこでレナードは足場に両足をつっこみ、工具袋を引きよせた。マイラー材の袋は細長い作りで、レナードの身長と同じくらいの長さがある。袋に入れているのはアンテナを取りつけるための予備ポールだ。ポールを使うのは、船体からある程度離してアンテナを設置するためだった。

ハファエウとわたしはレナードのそばで停止した。ついでわたしは、足場用のテザーを引きだし、〈ニーニャ〉の船体に設けられているＷＩＦ——取り付け器具《ワークサイト・インターフェイス》のひとつにプラグを差した。

足場の固定口で接続環が閉まり、プラグをロックして、接続を目視確認するための黒い線が現われた。念のためテザーをひねり、ぐっと引っぱって、確実につながっていることを確認する。確認がおわると、爪先を足場の環につっこみ、かかとを横に動かした。これはかかとの突起を足場の溝にスライドさせ、しっかりとはめこむためだ。両足ともに固定をおえたのち、船体の手すりに自分の工具袋をつないだ。

ハファエウはわたしのそばに浮かんでいた。その工具袋は真空中にただよって、小さく回転している。フェイスプレートごしなので判別しにくいが、ハファエウはたぶん、テラサスの亡骸がぶつかった箇所を見つめていたのだと思う。わたしは声をかけた。

「だいじょうぶ？」

「問題ない」ハファエウは突然起動した自動人形のように、急に動きだした。「作業手順を反芻《はんすう》していただけだ。現状を見るかぎり、手順を変更する要素は見当たらない。まず、損傷部材をはずして確保する作業からはじめよう」

　わたしは工具袋の中から〝ゴミ〟袋を取りだした。これはなかなかよく考えられた新案物で、袋の内壁に長い粗毛がブラシのようにびっしりと植えられており、それが中心部で触れ合っている。この袋に部材をつっこめば、あとはもうなにも考えなくてもいい。つっこんだものがブラシにからめとられるので、外にさまよい出てくることはないし、袋の中で部材が動く心配もない。両手がものでふさがることなく、自由に動かせるから、ゼロＧ環境下では非常に役に立つ。わたしはテザーを引きだし、ゴミ袋を手すりと船体ＷＩＦのひとつに固定した。この位置なら、ハファエウもレナードも簡単にゴミを入れられる。

　レナードはアンテナがもげたポールと向きあう形で、足を足場に固定しおえた。以前はこのポールにアンテナがボルトで固定してあったのだ。その間にハファエウは、アンテナから伸びるケーブルをたぐりはじめていた。完全に根元で切れているケーブルもあれば、ポールから数メートルほど伸びているケーブルもあった。

　レナードが胸に固定されたＭＷＳ——ミニ・ワークステーションからソケットレンチを取りだし、ボルトにあてがった。グラヴが気圧で張って曲げにくいため、何度もレンチが手から離れてしまい、そのつど別の言語で罵倒が発せられた。レンチはMWSにテザーでつながっているから、遠くまではいかないものの、手をすべらせるたびに、工具が宇宙へただよっていく恐怖はぬぐえない。

わたしはヘルメットごしに、レナードにほほえみかけた。

「最後のはラテン語？　それともギリシア語？」

「古代ギリシア語だよ」

レナードがレンチをボルトにあてるまで、わたしはもげたアンテナの残骸を持っていた。

「わたしのために訳してくれる気はある？」

「〝烏《クロウ》のところへいけ〟——いいかえれば、〝地獄へ堕ちろ〟だな」レナードはふたたびレンチをボルトにあてて、足を踏んばりなおした。レンチはまたしてもすべったが、こんどは手から離れることはなかった。「この罵倒が好きな理由はふたつある。ひとつには、黒人の口から出るにしては皮肉な内容だからさ」

その意味を推し量ろうとして、レナードを見つめた。

「それは……ギリシア語だから？」

レナードは笑って、

「きみはときどき天真爛漫で愛らしくなるな。ちがうよ。そこはジム・クロウ法にひっかけてあるんだ。だから〝烏《クロウ》のところへいけ〟とは現代の含意で、古代ギリシアは関係ない。〝野イバラの茂みにだけは放りこまないでくれ〟のたぐいだね」レナードはアンテナ基部のボルトをはずし、わたしに手わたした。「この元ネタはわかったかい？」

「わかりました、宇宙飛行士どん」

レナードが爆笑し、それでマイクの位置が曲がってしまった。

安堵のあまり、肌が火照った。元ネタとは黒人の召使いリーマスじいやが語る民話のひとつで、ウサギどんがキツネどんをやりこめたときのフレーズ——自分が助かるため、ほんとうは野イバラの茂みに放りこんでほしかったときのせりふなのである。正直いって、わたしの切り返しは一線を越えかねないものだった。ユージーンが相手なら問題なかっただろう。だが、レナード相手にこれをいうだけの信頼関係ができている自信はなかった。

受けとったボルトをゴミ袋に入れて、わたしはいった。

「じゃあ、古代ギリシア語での含意は？」

「当時、埋葬は非常に重要だったからね」レナードはレンチをつぎのボルトにあて、しっかりはまっていることをたしかめた。「したがって、〝烏のところへいけ〟には、相手の死体が腐るまま放置されて、烏の群れについばまれてしまえという含みがあるんだ」

わたしたちのそばで、ハファエウがぴたりと動きをとめた。ケーブルは巻きとりかけたままだ。レナードはそれに気づかずに説明をつづけた。

「埋葬されなかった場合、死後の生を得る力がなくなるという思想が――」

わたしはレナードの腕に手をかけ、講釈をやめさせた。与圧服を着ているので、さわられたこと自体には気づかず、わたしの動きで気づいたらしい。

わたしはレナードにいった。

「わたしの好きなイディッシュ語の罵倒を聞きたい？」

「聞きたいね」

罵倒をいおうとして、はたと言いよどんだ。格好の選択肢はたくさんあるが、どれもこれも死や埋葬に直接かかわるものか、そうでなくともかなり近いものばかりだったのだ。たとえば、〝人にとってのいざこざは、鉄にとっての錆に似る〟などがそうである。わたしが知っていることを知ったら、母がいい顔をしないものも多い。ゴミ袋をテザーで引きよせたのは、進退きわまったことをごまかすためだった。こんなとき、エスターおばさんならなんといっただろう。その観点から考えたとたん、天啓が閃いた。

「ア・イード・ホット・アクト・ウーン・ツヴァンツィック・プロトセント・パクヘッド、ツヴェイ・プロトセント・ツカー、ウーン・ジベツィーク・プロトセント・クーッペ」

パーカーの声がヘルメットに響いた。

「なるべく関与しないつもりでいたが……それはどういう意味だ？」

「無用の通信は控えるんじゃなかったの？」

わたしたちの向かいでハファエウがふいに目を開き、動きをとめてなどいなかったかのようにケーブルの巻きとりを再開した。

パーカーが苦笑して、

「言語で釣られてはかなわんよ」

「これはエスターおばさんの口ぐせでね。〝ユダヤ人は二八％の恐怖と、二％の砂糖、七〇％のあつかましさ《フッパー》でできている〟」

「それでなにもかも説明がつくな」

「いってくれるじゃない。でも、わたしが南部のユダヤ人であることを忘れないで。そのぶん、砂糖の含有量が多いんだから」

レナードがつぎのボルトをわたしに差しだした。

「それは表面だけが砂糖がけということかい？　中身まで甘いなんてだれも思わないぞ」

レナードのしゃべりかたが砕けた感じになったので――ユージーンやマートルのしゃべりかたに似ている――わたしは勝利の笑みを浮かべた。これだけ長く同じチームにいて、仲間意識に近いものを感じたのは、このときがはじめてだ。

わたしはハファエウに水を向けた。

「ハファエウ。ポルトガル語でちょうどいい罵倒はある？」

ハファエウはたぐりよせていたケーブルを結わえ、つぎのケーブルを巻きとりながら、こう答えた。

「ブラジルでは、〝上辺を飾る〟という意味で、〝パラ・イングレス・ヴェール〟というんだ」

「ふむ、そうきたか」パーカーが口笛を吹いた。

「意味は？」

「〝イギリス人にだけそう見えればいい〟」

ハファエウの説明によると、これは帝国時代のブラジルで、イギリス人に奴隷制度廃止を求められた当局が、実情は旧来のままでも、イギリス人には奴隷制度を廃止したように見せかけたことに由来するという。

理屈のうえでは、クルー全員が〈ニーニャ〉の通信モジュールに――またはその付近にいる必要はなかった。アンテナの修理をすませて二日後、フローレンスが通信システムを始動したときの話である。じっさい、フローレンスとハファエウ以外は〈ピンタ〉に残っていてもよかった。それなのに、クルー全員が〈ニーニャ〉に移ってきたのは、いちどに移動すれば働き蜂《ビジービー》の燃料が節約できるから、というのが表向きの理由だった。

表向きの理由はほかにもいろいろある。菜園モジュールの管理がそのひとつだ。カムの場合、診療モジュールが十全であることを確認する必要があったし、レナードには読みかけの重要な論文があり、わたしはわたしで、計算に必要な参考資料を見たいという理由があった。

こうした表面上の理由を、パーカーは働き蜂の燃料問題に集約してみせたのである。

芯廊《スピンドル》は薄暮のような様相を呈していた。点灯する照明を三分の一に絞ってあるからだ。

当初の予定では、アンテナよりも先にアンモニア冷却システムを修理するはずだったが、パーカーとベンコスキーは、まず第一に、地球との通信途絶が〈ピンタ〉の問題ではないことを検証したがった。そのためには、〈ニーニャ〉の長距離通信システムを先に復旧させなくてはならない。

通信システムのパネルがオール・グリーンになると、フローレンスがマイクにいった。

「オーケー、〈ピンタ〉。試験信号を送ってみて」

〈ピンタ〉の通信モジュールからドーンの声が応えた。

「〈ニーニャ〉、送信要請を確認。試験信号を送る」

わたしはレナードの頭のすぐ上に浮かんでいる。レナードのからだにさえぎられずに、ダイヤルやゲージの動きを見るためだ。目には見えない電波信号を受け、表示が勢いよく反応した。

同じ刺激に対して同時にふたつの思いを持てるのだから、人間とは不思議なものである。いっぽうには安堵の気持ちがある。反応したということは、修理がうまくいったことを意味するからだ。

そのいっぽうで、絶望が重力場でも持ったかのように、わたしの気持ちは落ちこんだ。〈ニーニャ〉の受信状態が良好であるということは、地球サイドに問題が発生したことを意味するからだ。

通信が途絶してもう一週間になる。一時間か二時間、長くても半日程度なら、地球側の機械の故障ということもありうるだろう。しかし、ＩＡＣの通信機器のすべてと――いや、地球にある通信機器のすべてと――いまだに通信できない事実を前に、わたしは暗澹《あんたん》たる思いに陥った。

（ナサニエル……地球でいったい、なにが起きているの？）

29

第一次火星探険隊ミッション・ログ。ステットスン・パーカー隊長

１９６３年６月１０日、午後１１時１３分——〈ニーニャ〉のアンモニア冷却システム修理完了。ＩＡＣとの通信が途絶して一四日が経過するも、なお復旧せず。

自分が南部人であり、ユダヤ人であると実感するもののひとつは、みんなにものを食べさせたいという強い思いだ。〈ピンタ〉にきてからというもの、月曜朝のミーティングを朝食をとりながら行なったことはいちどもない。この点、うちとはまったくちがう。うちとはもちろん、〈ニーニャ〉のことである。なぜ〈ピンタ〉で出るのはコーヒーだけで、軽食が供されないのか、わたしは理解に苦しむ。おそらく、ドーンとハイディは科学者としての役割に専念していて、家事を避けているのだろう。それに〈ピンタ〉には料理好きのクルーもいないのかもしれない。

だが、地球との通信が途絶えてから二週間――これだけ不安な状態がつづいていると、さすがに料理を作らずにはいられない。

焼きたてのビスケットほど心をくすぐる香りを放つものはそうそうないだろう。材料が粉ミルク、粉末卵、マーガリンなどしかなくても、さほどひどいものにはならない。層はすくないし、すこし粉っぽい味がするので、母なら渋い顔をしただろうが、状況しだいで、これは充分、南部伝統の朝食――スコーンに似たあれといっても通用する。

パーカーとベンコスキーが梯子をすべりおりてくると、連れだって厨房に入ってきた。カーニバルの乗り物《ライド》のようなテンポのいい登場のしかただった。ベンコスキーが顔をあげ、においを嗅いだ。

「これはまたいいにおいだな、ステットスン……人員の再配置について、考えなおしたくなってきたよ」

「ヨークはやらんぞ」パーカーはホワイトボードに歩みよった。「しかし、慰問袋なら送ってやろう」

「再配置？」

タネを入れておいたボウルを再処理水シンクで洗いながら、わたしはたずねた。

「その件はミーティングのときに話す」パーカーは掃除用のぼろ布をとり、カウンターの上に放り投げてきた。「それを濡らしてくれ」

布はしみひとつないカウンターに落ち、ぴかぴかのステンレスに灰色の汚れを残した。

「いいけど」

ボウルを脇に置き、ミッション・コマンダーの指示にしたがうことに神経を集中した。まったくもう、せっかくきれいにしたのに。濡らしたぼろ布を固く絞る。けっして不満を口にしないよう心がけたが、思いのほか、きつい声が出てしまった。

「はい、これ」

布を投げ返すとき、心の中で〝これがパーカーにぶつかればいいのに〟と思ったことはないしょだ。しかしパーカーは、空中でパシッと布を受けとめた。迎撃ミサイルのような正確さだった。その布で、板面にこびりついた文字の消し忘れや汚れを水拭きしはじめた。

「ベンコスキー、全員参加のミーティングのあと、パイロットと航計士だけのミーティングを持つようセットしてくれ」

「とうとう秘書になれってかい？」

「おまえはおれの僚機パイロット《ウィングマン》だろうが」

「この〈ピンタ〉にきている以上は、そっちがおれのウィングマンだという論法も成りたつがね」

「だったら副長か？　副パイロットか？　右腕か？　呼び名はなんでもいい」パーカーはベンコスキーにペンを放った。すでに水拭きをすませて、きれいな布で乾拭《からぶ》きをはじめている。「要するに、事務作業はおまえの担当だということさ」

　パーカーときたら、そんなことのために副パイロットがいるわけ？　わたしはかぶりをふり、ボウル洗いを再開した。布巾で汚れを落とすキュッキュッという音と、パーカーがマーカーでプラスティック板に字を書くキュッキュッという音が合奏しているようだった。洗いおえたボウルを紫外線殺菌ラックに載せ、あらためてカウンターを拭く。じっさい、こうしてキッチンがピカピカになると、すこぶる気分がいい。

　おもむろにオーブンの扉をあけ、ビスケットの焼け具合をたしかめた。不思議なことに、これは〈ニーニャ〉のものとまったく同じ型式のオーブンなのに、こちらは温度が低めになりがちで、そのぶん長く焼く必要がある。扉をあけたとたん、蒸気が庫内からもわっとあふれ、焼きあがった生地とバターに似た風味の、いかにも美味しそうなにおいが厨房に広がった。上面は美しい黄金色に仕あがっている。ここでメモを。温度があがりにくく、焼きあがりに時間のかかるオーブンのほうが、わたしの愛用するビスケットのレシピには向くらしい。

鍋摑《なべつか》みを持って、オーブンから天板《てんパン》を取りだした。気前がよくなっていたからか、誉めことばがほしかったからか、わたしはパーカーとベンコスキーにひとつずつビスケットを勧めようと、天板を持ったままふりかえった。

見るとパーカーが、ホワイトボードに新しい役割の分担表を書いていた。その分担表で真っ先に目に飛びこんできたのは、自分の名前だった。そしてその右側には、〝航計士／副パイロット〟の文字が。

よくビスケットの天板を取り落とさなかったものだと思う。ただし、反射的にけげんな声をあげてしまった。

わたしの声を聞いてベンコスキーがふりかえり、ビスケットに気がついた。

「おお、これはまた……きみは天使か」

「え？……ああ、どうぞ」ビスケットをベンコスキーの近くに差しだしながら、ホワイトボードから目を離さない。クルーはふたたび二チームに分けられている。どうやら全員が自分の船に戻れるようだ。「気をつけて。天板が熱くなってるから」

パーカーがクリップボードを脇にはさみ、ビスケットをひとつとった。

「ごちそうになります、マム」

「マム？　いつからわたしはマムに格上げされたの？」

「料理をしているときだけだ」パーカーは手にしたビスケットを左右に振ると、鼻の下に持っていき、においを嗅いだ。「きみが女の領分にいるうちはな」

わたしはあきれかえった顔をしてみせた。

「やられた。まんまと罠にはめられたわ」

「それ以外の時間では、きみは計算者だ」

わたしはあごでホワイトボードを指し示した。

「そのうえ副パイロットも兼任？」

ベンコスキーが片手でわたしの肩を力強くたたき、反対の手でビスケットをつまんだ。

「再配置後もな。まずはおめでとう」

「ちょっと待って……今後もずっと、そこに書いてあるとおりなの？」

パーカーはたいしたことじゃないというふうに肩をすくめてみせた。

「二隻のクルーをシャッフルして、フラナリーとグレイの船にデビエルも乗るとした場合、きみはその船に乗りたいか？　構成は前のままでいく。だから必然的に、副パイロットはきみということになる」

前にわたしを自分の副パイロットにするといわれたときは、仮の処理だと思った。女はいまだに、地球と〈ルネッタ〉を往還する大型船のパイロットには就《つ》かせてもらえないのだから。副パイロットとしてさえもだ。

「アヴェリーノはどうするの？」

パーカーはわたしをじっと見つめたまま、ビスケットをひとくちかじり、ゆっくり咀嚼《そしゃく》した。それから、唇についたビスケットくずを親指でぬぐって、

「航行ログには、アヴェリーノに対する讃辞しか書いていない。しかし、いまのアヴェリーノを副パイロットにすえるのが適切な措置だと思うか？」

アンテナの修理をおえてＥＶＡスーツを脱いだとき、ハファエウの目は涙でおおわれていた。そのことを本人は黙っていたし、ずいぶん無口になってしまったことや、ときどき動きがぴたりととまることを除けば、とくに問題を起こしてもいない。だが、副パイロットというものは、動きがとまることがあってはならない。一瞬たりともだ。

では、不安をかかえているわたしは？　わたしはカウンターに歩みより、ビスケットの天板を置いた。おっつけ、ほかのクルーが集まってくる。

「ちょっと話ができるかしら？」

パーカーはためいきをつき、クリップボードをベンコスキーにわたした。

「残りを書いておいてくれ」

「秘書じゃないっていってるだろ」

「上官命令を出させるな、ウィングマン」パーカーはわたしのそばまでやってくると、カウンターにもたれかかり、ビスケットをもうひとくちかじった。「で？」

「ハファエウに懸念があるのはわかるの。でも……わたしの過去は知っているでしょう」

「いまこのとき、現状に不安をおぼえていない人間がひとりもいないと思うか？　二隻のどちらにもだ。地球との通信が途絶えて二週間になるんだぞ」

パーカーの顔を見ずにすむよう、わたしは下を向き、カウンターの縁に天板をそろえた。

「わたしはただ、わたしを信頼できるのなら、ハファエウも信頼できるでしょうといっているだけよ」

「いまさらなにをいいだす？　それが〝女にも男と同等の能力がある〟、〝わたしの不安に問題はない〟、〝ロケットは女性を乗せられるほど安全〟といってきた人間のいうことか？　自分はまちがっていた、料理や洗濯以外のことはできないといってるのか？」

「ちがうわよ」どうしてこの男はこうなんだろう。わたしがいったことばを、こんなふうにいちいち突きつけてみせるなんて。「わたしはね、ハファエウを差しおいて、わたしを副パイロットにすえるのはどうかといっているだけ」

「それはつまり、おれの判断に異論があるということか。ちっとも意外じゃないが」

「まったくもう！」わたしはかかとを軸に、くるりとパーカーに向きなおった。「わたしたち、口をひらけば口論ばかり。どうしてわたしを自分の副パイロットにしたいの？」

パーカーはぐっと身を乗りだしてきた。

「なぜなら、おまえがたいしたタマだからだ。これまでに何度も窮地に陥りながら、そのつど試練をくぐりぬけるのを目のあたりにしてきたからだ。おまえが凄腕のパイロットだからだ。おれがミッション・コマンダーであり、そのおれがおまえを認めているからだ。これだけいわれても、まだいいたいことがあるのか？」

全身が激しい血流で音高く震えていた。まるで心臓が調子の悪いエンジンと化したかのようだ。どうしてそんなことができたのかはわからない。が、とにもかくにも、わたしはぐっとあごをつきだした。

「あるわよ。いまのは讃辞？」

パーカーは笑いだした。憎たらしいことに、頭をのけぞらせ、両頬にえくぼを刻ませた、人好きのする笑い方だった。そこで急に笑うのをやめて、背筋を伸ばした。

「ちがう。厳密な評価だ」それから、ビスケットの食べかけをかかげて、「讃辞はこっちのほうだな。えらくうまいじゃないか、このビスケット」

最後のひとかけらを口に放りこみ、パーカーはなにもいわなかったかのように、ホワイトボードのもとに戻った。

　全身を駆けめぐるショックから立ちなおるひまもないうちに、デビエルとハイディが厨房に入ってきた。ふたりはいままで菜園モジュールにいたはずだ。わたしは頭をはっきりさせるため首をふり、木べらを取りだそうと引き出しをあけたが——そこはキッチンペーパーの引き出しだった。どうしてこの船ではこれをレンジ横に保管しておかないのよ？　引き出しをあけてしまったので、キッチンペーパーを一枚とり、底に敷いてビスケットを盛るため、用意しておいた深皿に放りこんだ。背後ではほかのクルー・メンバーたちが、ミーティングのためにぞくぞくと入室してきている。会話のはしばしが室内にただよっていた。「……ロッシーニ最高のオペラは……」「……ところが、本のなかばで主人公が死んじゃうんだ……」「……そろそろジンを作る用意がととのうころだと……」

「ジン？　それなら、わたしが志願して——」肩ごしにふりかえると、ジンといったのはカムだった。話している相手はレナードだ。「髪を切ったの、カム？」

　わかっている。われながら、馬鹿なことを口走ってしまった。とはいえ、腰ちかくまであったあのみごとな黒髪を、カムは軍隊式の丸刈りにしていた。真っ先に目に飛びこんできたのは、その極端な変わりようだったのだ。

　カムは赤面して、側頭部の黒いベルベットのような短髪に手を這わせた。あの豊かな黒髪がないと、目がすごく大きく見える。

「ゼロGで長い髪をさばくのが、いいかげん、いやになっちゃってね」

「わたしもそうしてみようかな」もっとも、こんなに短くしたら、ナサニエルがいい顔をしないだろう。ああ、ナサニエル——。夫のことを考えただけで、腹がよじれるような苦痛をおぼえる。このごろは、どんなにささいなきっかけでも、地球でなにが起こったのかわからないことに意識がいってしまう。なんといっても、宇宙はビスケットのように甘いものばかりではないのだから。料理用具を入れてある引き出しを探しあて、木べらを取りだし、天板のビスケットを深皿に移しはじめた。

ビスケットを移しおえるころには全員が厨房に集まっており、月曜朝のミーティングにそなえて思い思いの体勢をとっていた。コーヒーとビスケットのにおいが充満していると、まるで〈ニーニャ〉の厨房のようだ。わたしはレナードのとなりに腰をおろした。レナードはにっと笑い、ビスケットに手を伸ばした。

デビエルも深皿に手を伸ばしかけたが、途中で思いとどまった。口角が下がっている。すわっている場所はハイディのとなりで、目の前にはコーヒーのカップしか置いていない。損な男だ。

「さて諸君」パーカーがコンコンとホワイトボードをたたいた。「見てのとおり、クルーをまた元のチームに戻すわけだが、知ってのとおり、以前とは若干の変更がある。〈ニーニャ〉ではヨークが副パイロットを兼任する。〈ピンタ〉ではフーゲリが、通信でシャモウンの助言を仰ぎつつ医療技術の向上に努める。なにか深刻な事態になればシャモウンが〈ピンタ〉へ往診にくるが、フーゲリが医療を兼任すれば働き蜂の行き来を減らせるだろう」

グレイアムが手をあげた。

「なにかな？」パーカーはあごで地質学者を指し示した。

「ちょっと気になったんだが。働き蜂が行き来する回数を減らすのが目的なら、なぜクルーを二チーム体制に戻すんだ？　全員がこの船にとどまっているほうが合理的じゃないか。とりわけ、現況に鑑みれば」

「目的は、全員がぶじ火星に到達し、ぶじ地球へ帰りつくことにある」パーカーはホワイトボードをコン、とたたいた。「連絡途絶前、ミッション管制センターは〈ニーニャ〉を使用可能な状態に復旧させ、クルーを再居住させるつもりでいた。だから、そうする」

デビエルが前に身を乗りだしかけた。ドーンがすばやくそのひざを押さえて制し、手をあげると、発言の許可も待たずに意見を述べた。

「それはミッション管制センターの提示したプランどおりではないでしょう。デビエルは〈ニーニャ〉に移動して火星着陸班に加わることになっていたはずよ」

ああ……それでこういうことになったのね。冷たいものが背筋を走りぬけた。またもやわたしは人の居場所を奪おうとしている。そしてデビエルにはそれを受け入れる理由がない。

ベンコスキーが手刀を下に薙ぐしぐさをして、前に進み出た。

「現時点で、ミッション管制センターはわれわれの置かれた状況を把握していない。こういう役割分担になったのはそのためだ」

「そのとおり」パーカーは例のサメの笑みを浮かべると、デビエルのほうに顔を向けた。「このミーティング終了後、パイロットと航計士だけで集まって、きたるべき軌道修正についての打ち合わせを行なう。デビエル——きみにはその記録をとってもらうとしよう。字を書くのが得意だとわかったからな」

床を蹴り、芯廊《スピンドル》を通って〈ニーニャ〉の船橋《ブリッジ》に向かう。うしろにはチェスパイをひときれ入れた小袋を引っぱっている。通信モジュールのそばまでくると手すりをつかみ、運動量を利用してからだを横にスイングさせ、戸口から中に入った。室内ではフローレンスが寝袋に入って宙に浮かんでいた。地球からの信号が一瞬でもとらえられる可能性にそなえ、ここに常駐するために寝袋を持ちこんでいるのだ。もっとも、通信途絶から三週間と一日

――いまだに通信機はうんともすんともいっていない。

フローレンスは寝袋に入ったまま刺繍をしていた。刺繍はもうかなり進んでいて、星の海を背に、オリオン座がわかるほどになっている。フローレンスは刺繍針を布の端に刺し、わたしに顔を向けた。

「なにかしてあげられることはございましょうか？」

わたしは小袋を押しやった。袋が回転しながらフローレンスのもとへただよっていく。フローレンスは空中で袋をつかみ、にんまりと笑った。

「エルマ、愛してる」

わたしは苦笑いを浮かべた。

「ただし、いまだけだからね」フローレンスはウインクした。「こうして貢ぎ物《プライ》のパイを持ってくるかぎり……」

「わかったわ、つぎから折り《プラィ》パイね」

「まったくもう《アィ・サィ》、ああいえばこういう」フローレンスは小袋の口を開き、香りを堪能した。

「でも、まじめな話、鼻薬は大歓迎よ。で、なにをしてほしいの？」

「なにも――」いいかけて、フローレンスが例の険しい目で見ていることに気がついた。

「――わかったわよ。わたしが立てた噴射プラン、計算機にかけてみた?」

「結果はいつもと同じ。今回も手順どおりにやったわ。いちどだって計算ミスがなかったことは自分でもわかってるでしょ?」そこで、すっと目を細めて、「なぜきくの?」

「その……念のため? 計算に使っている数値は、地球と連絡さえとれていれば、本来、あちらでも検証を……」

「だいじょうぶだってば、エルマ。エラーはなかったわ」

わたしはそこで、ごくりとつばを飲みこんだ。

「ありがとう。それじゃあ、わたしのほうでなにかできることはある? なにしろ、この部屋でカンヅメになったままでしょう」

フローレンスは肩をすくめた。両船の通信モジュール同士でスケジュール調整を行なうためにも、彼女はここに詰めていなくてはならないわけだが、そんなことなど、たいした手間ではないかのように。

「まあね。でも、すくなくとも、ここに詰めているうちは洗濯をしなくてもいいわけで。それにパーカーが、定期的にハファエウやレナードと交替させてくれてるし」

「それでもよ。なにか必要なものはない?」

フローレンスはそばのインターカムを軽くたたいた。

「必要が出てきたら連絡するわ。それに、地球から連絡がきたら即座に報告する」

地球の沈黙が長びけば長びくほど、不安はいや増すいっぽうだ。しかし、船内で恐怖の底流が強まるのに比例して、たがいを気づかう気持ちも強くなっている。隕石が落下したあとの人々もこんな感じだった。

ああ、どうか……どうか第二の巨大隕石など落ちていませんように。

「わかった。じゃあ、もう船橋《ブリッジ》へいくね。ここへは貢ぎ物を捧げに寄っただけだから」

「ありがと」フローレンスは小袋を壁のクリップにとめた。「きりのいいところまでいったら、喜んでいただくわ」

わたしは手をふって別れを告げ、床を蹴って通信モジュールをあとにし、スピンドルの手すりをぐいと引っぱると、ブリッジに向けて速度をあげた。パーカーよりも早く部署についておかないと、遅れたと文句をいわれてしまう。

司令モジュール《CM》の戸口を通過するさい、つかのま、ためらいをおぼえ、唇の内側をかんだ。ブリッジの副パイロット席につくのが、それほどおおごとのはずはない。しょせんは航計士席の、ひとつ前の席ではないか。それでも、テラサスがいないことで、胸をぐっと締めつけられるような思いをいだいた。副パイロット席の背もたれに手をかける。テラサスが生きていたら、こんなとき、なんといっただろう？　彼がいいそうなことばをつぶやいてみた。

「ますますスリリングな展開を迎えます今回、われらが恐れを知らぬ冒険家たちは……」

背後でパーカーが嘆息した。わたしは凍りつき、顔を赤らめた。こんな恥ずかしい場面を見られてしまうなんて。そこでパーカーは咳ばらいをして、

「ますますスリリングな展開を迎えます今回、われらが恐れを知らぬ冒険家たちは火星への接近に着手します……あれはいい男だったな」

「ええ」

パーカーはわたしの肩に手をかけた。

「だいじょうぶだ、きみならうまくやれる、ヨーク」

不覚にも、目頭が熱くなってしまった。涙があふれないうちに、袖で目を押さえる。

「でも、あんなにすてきなナレーションは絶対むりよ」座面側にまわりこみ、席につく。いつも自分がすわっていた席からは、わずか左前方へ一メートルしか離れていないのに、別世界へきたかのようだ。「噴射プランは見直してくれた？」

当然、パーカーが見直していないはずはない。そもそも、こんなことはきくのも失礼な話だ。それでもたずねてしまったのは、静寂に耐えられなかったからだった。パーカーはパイロット席にすわり、ストラップを締めながら、こう答えた。

「申し分ない。オリジナルのフライトプランから若干の変更だけですんでいる」

そういわれることはわかっていたが、それでも……自分の計算に不安をいだく状況にはどうにも慣れることができない。

ハファエウはCMにすこし細工を加えて、航計士用の機材一式を副パイロット席からも操作できるようにしてくれていた。六分儀用のジンバル・スタビライザーを、WIF――取り付け器具《ワークサイト・インターフェイス》のソケットに差しこむ機構も工作してくれていたので、六分儀さえ引きだしてしまえば、手で持っていなくても固定できる。ただしこれは、とくに必須というわけではなく、使い勝手をよくするための工作にすぎない。すでにハイディとわたしは噴射に関する計算をすませており、フローレンスとドーンもそのデータを計算機にかけて検証ずみだった。〈サンタマリア〉へのデータ転送もすんでいる。あちらの噴射は自動で行なわれる。

しかし、そもそもわたしが計算に使ったデータにまちがいがあったなら？　訓練でアルカイドの位置を見誤り、全員を〝死亡〟させたことが現実となりかねない。たしかに……たしかにセーフガードはある。とはいえ、かつてのようにミッション管制センターの検証を受けた情報なしに計算することには、どうしても抵抗があった。

「オーケー……姿勢制御、横転《ロール》方向一九八・六、上下《ピッチ》方向一三〇・七、左右《ヨー》方向三四〇」

パーカーが数値を復唱しながら、コントロールパネルのスイッチを順次入れていった。

「一九八・六、一三〇・七、三四〇」

副パイロットとしてのわたしの仕事は、すべてが正確に設定されたかを確認することだ。いまのところ、それ以上のものではない。それでもわたしは、パーカーが燃焼を設定するようすをタカの目で見つめた。

タイマーが刻々と噴射マークに近づいていく。わたしは唇を湿らせると、マイクを口に近づけた。

「総員、噴射にそなえられたい。10、9、8……」

全員がすでにからだの固定をすませている。

「……7、6、5……」

となりのパイロット席では、パーカーが片手を軽く操縦桿にあてがっていた。

「……4、3、2、1……」

パーカーがエンジンを噴射した。座席にぐっと背中を押しつけられた。前部窓の外に、〈ピンタ〉の船尾で炎が花開くのが見える。向こうも噴射を開始したのだ。

胸にぐっとのしかかる重みに抵抗して空気を吸いこんだ。〈ニーニャ〉の回転セクションにも重力がかかってはいるが、あれは火星の重力に合わせた強さでしかない。このGはあれとはくらべものにならない強さだ。一〇秒と永遠――ときには両者が大差なく思えることもある。

一〇秒の減速行程を経て、出発以来はじめて、船は火星に向かう速度を落とした。

30

第一次火星探険隊ミッション・ログ。ステットスン・パーカー隊長

１９６３年７月19日、午前１時05分――〈ニーニャ〉と〈ピンタ〉両船の各チーム、火星周回軌道投入の準備完了。ＩＡＣとの通信が途絶して五十三日。

最初は夢かと思った。常夜灯だけがともる無重量の睡眠室で、寝袋に入って眠っているとき、フローレンスのきわめて冷静な声が船内に呼びかけたからだ。

「パーカー、ただちに通信モジュールへ。くりかえす。パーカー、通信モジュールへ」

あまりにも冷静な声だったので、ふたたびうとうととまどろみかけた。船じゅう警報が鳴り響いているわけではない。盛んにクラクションが鳴らされているわけでもない。だとしたら緊急事態ではない。だからこそ、こうも静かな声で語りかけているのだろう。

そのとき、近くで寝ていたカムが小声で問いかけた。

「もしかして、ミッション管制センター？」

このひとことで、ぎょっとして目が覚めた。寝袋の中で身をひねり、寝棚の外を覗く。パーカーが睡眠室の中央に浮かび、下着の上からフライトスーツを着ようとしていた。

「まだわからん。ここにいろ」

寝袋を固定するストラップをはずしかけていたわたしは、パーカーのこのひとことで思いとどまった。意識がはっきりしてきて、的確な判断ができるようになったからでもある。たしかにそのとおりだ。全員で通信モジュールに押しかけたら、たいへんなことになる。とはいえ、また眠るのもむりな相談だった。なにが起こっているのか気になってしかたがない。〈ピンタ〉から連絡がきたにすぎないかもしれないが、夜の夜中に連絡してきたとなれば、いい知らせではない可能性が高い。

フライトスーツのジッパーを引きあげながら、パーカーは床を蹴り、わたしの前にやってきてささやいた。

「ヨーク。いっしょにこい」

わずかに残っていた眠けも、これで完全に消えた。わたしはパーカーの副パイロットとして必要とされている。これがなんの呼びだしであれ、場合によっては船を動かさなくてはならないかもしれず、それ以外でもなにかする必要が生じるかもしれない。

寝袋の首もとに手をかけ、一気に開いて外にすべりでた。自分のフライトスーツをつかみ、こくりとうなずく。

「すぐいくわ」

パーカーはわたしを待っていたりはせず、空中で向きを変え、戸口まで泳いで芯廊《スピンドル》に出ていった。わたしがフライトスーツを着こんでいるあいだに、眠っていたほかのクルーも寝棚から顔を覗かせだした。そのようすは、まるでリスのようだった。

ほの暗い照明のもと、レナードの歯が白く覗いている。

「なにが起きているかわかるかい？」

「わからない。あなたと同じ」スーツのジッパーを引きあげ、戸口に身をひねる。「事態がわかりしだい、パーカーがSitRepを流すわ」

SitRep——状況報告《シチュエーション・レポート》のことだ。このことばはかなりの緊迫感を孕《はら》んでいる。

わたしはスピンドルに出て、パーカーのあとを追いかけた。パーカーはちょうど戸口をまわりこみ、通信モジュールに入ったところだった。近づくにつれて、〈ニーニャ〉にあふれる空気循環ファンの音が別の音に圧倒されていった。この音は——テレタイプの音だ。

ということは……？　それは天使がこぞって神を讃える歌声のようにすら思えた。

「汝に讃えあれ《バルーフ・アタ・アドナイ》、われらが神よ《エロヘイヌ》、宇宙の王よ《メレフ・ハオラム》、恵まれざる者に慈悲を賜る者よ《ハゴメル・ラハヤヴィム・トゥヴォト》、わたしに慈悲を賜る者よ《シェグモラニ・コール・トーヴ》」

　神に対する感謝のことばがひとりでに口をついて出た。あの音が福音とはかぎらない。不安はまだある。それでもだ。

　戸口をまわりこみ、通信モジュールに入った。フローレンスの顔を見ただけで、求めていた答えがすべて得られた。いや、逆にききたいことが噴出したというべきか。それとも両方？　フローレンスは笑み崩れている。ただし、目は真っ赤になっていた。まるで泣き腫らしたかのようだ。

「そうなの。ミッション管制センターからなの。だいじょうぶ、ナサニエルもメッセージを送ってきたチームにいるわ」

「神さま、感謝します」わたしはメロドラマの主人公のように、ぐっと胸を抱きしめた。

　鉄道のレールに縛りつけられ、間一髪で助けだされた主人公なら、こんな気持ちになるだろうか。なぜ地球が二カ月も音信不通だったのか、その理由はまだわからない。しかし、すくなくとも夫は元気で、ミッション管制センターにいる。わたしは安堵の涙を飲みこみ、自分の職務に集中しようとした。

「なにがあったの？」

「抗議者だ」パーカーはテレタイプにかがみこみ、吐きだされてくるページに目を通していた。「地球ファースト主義者が通信衛星をクラックした」

「なんてこと……」

フローレンスがデスクを押してテレタイプのそばに近づいた。

「どの程度やられたの？」

「ＩＡＣに地球ファースト主義のメンバーがいるという陰謀論……どうやらあれは、そう的外れでもなかったようだ。計算室のだれかが異常データを送って、通信衛星を二基とも機能停止させたらしい。なんたることだ」片手で髪を梳《す》きあげ、禿げた後頭部でその手をとめた。「カンザスの送電網も破綻したという」

「待って——計算室のだれかって、具体的には？」

わたしもテレタイプの横に近づいた。機械は依然としてカタカタと出力をつづけている——一日じゅう帰りを待っていた父親に玄関で飛びつき、大はしゃぎする幼い子供のように。

「ふむ……」パーカーは下のほうまでページをたどって、「カーティス・フライ、ジェニファー・リン、タイラー・リクター」

「知らない人たちだわ」

「新規雇用者らしい――」パーカーはそこで、ぴたりと動きをとめた。ページがつぎつぎに吐きだされて、パーカーの指のあいだをすべっていく。ややあって、ためいきをつき、フローレンスに向きなおると、完璧に感情を排した顔で指示を出した。「クルーの全員に、地球との通信が復旧した旨、教えてやってくれ。また眠りについた者がいるとは思えない。ヨーク、あとで各人あての手紙を配ってくれるか。当面は地球から届いた新たな役割表を見せる準備をしていてほしい。わたしは内容をチェックしてくる」

いうなり、パーカーは宙返りをし、壁を蹴ると、通信モジュールの戸口へ鮮やかに泳いでいった。

ひとつ注記をしておきたい。わたしはパーカーが悪い知らせを受けたときの表情をよく知っている。片脚が麻痺していた時期には、ひどく冷たい表情になり、仕事に集中しようとしていたものだった。そんなとき、パーカーの頬からはわずかに血の気が引く。

フローレンスがキーボード台の縁をつかみ、テレタイプに身を引きよせるあいだにも、わたしの心はいくつかの事実を拾いあげ、冷たい方程式に組みこみつつあった。ひとつ、個人あての手紙が届いている。ひとつ、カンザスの送電網が破綻した。そして、パーカー夫人は鉄の肺に入っていた――電源がなくては機能しない鉄の箱に。

戸口まで行きかけたところで、自分がしようとしている行動を見直した。だれかに同情されるのは死にたくなるほどの屈辱だろう。なのになぜ、わたしはパーカーのあとを追いかけようとしているのか？　わからない。いや、ちがう……答えはわかっている。世の中には、たとえ憎らしい仇敵《きゅうてき》であっても、けっしてひとりで耐え忍ばせてはいけないことがある。そしてわたしはパーカーの副パイロットにほかならない。

スピンドルにはだれもいなかった。わたしが行動を決めかねているうちに、どこか人目につかないところへ閉じこもってしまったらしい。

人目につかないところ——働き蜂《ビジービー》に移乗するハッチの前まできて停止した。働き蜂は防音だ。

覗き窓から艇内を覗きこむ。内部を照らすものは、〈ピンタ〉から反射されてくる太陽光しかない。その薄闇のただなかに、パーカーはひっそりと、身を丸めて浮かんでいた。

できるだけ大きな音を立ててハッチをあけた。これから入っていくことを、あらかじめパーカーに伝えるためだ。しかし、ハッチを手前に引いたとたん、その音が聞こえてきた。これではハッチをあける音など聞こえなかったにちがいない。

さっきわたしは、パーカーが悪い知らせを受けたときの表情をよく知っているといった。それは大きなまちがいだった。わたしが知っていたのは彼が公に見せる顔でしかなかった。いま見ているこれは……。ひとつしゃくりあげるたびに、全身を震わせて発する泣き声は、働き蜂の内壁に反響して海鳴りのようにこだましていた。パーカー自身は、通路の中央に浮かび、小さく身を丸めている。そうすることで悲しみを閉じこめようとするかのように。

　つかのま、わたしはためらった。パーカーはわたしがここにいることを知らない。こんなところを見られたら、けっして喜びはしないだろう。こんなとき、慰めになれる人間はだれがいる？　カムなら、たぶん。〈ピンタ〉にいるときであれば、ベンコスキーがその役をになえただろう。しかし、それをいってもしかたがない。いまここにいるのはわたしなのだから。そして、パーカーのあとを追おうと決めたのも、ほかならぬこのわたしだ。

「パーカー……？」

　パーカーがびくっと動き、顔をあげた。背中をこちらに向けてはいても、よそいきの仮面をかぶろうとしているのがわかる。息を吸いこもうとして咳きこみ、呼吸がきれぎれのあえぎに変わった。片方の袖で目をぬぐう。その拍子に、涙の水球がいくつもキャビンにただよった。

「ミッション管制センターが呼んでいるのか？」

　わたしはかぶりをふり——パーカーがまだ涙でこちらが見えないことに気づいた。

「ううん」唇をかむ。宙をただよっていき、パーカーのすぐうしろに浮かんだ。いまにも具体的なことをききそうになったが、わたしはまだ奥さんのことを話題にする許可を得ていない。「送電網のこと……お気の毒でした」だしぬけに、パーカーが号泣しだした。

自制心の薄い殻は、大気圏に再突入する宇宙船の融除材のように融解し、蒸発し、身も世もない慟哭《どうこく》に取って代わられた。わたしは両腕でパーカーを抱きしめた。そうすれば、パーカーがばらばらにならずにすむかのように。あるいは、ばらばらになったあとでも、もとにもどせるかのように。パーカーはわたしの抱擁に応えた。分解しそうになる自分を引きもどすようにして、思いきり力をこめ、片手でわたしの前腕をぐっとつかんだ。働き蜂の薄闇にただよい、パーカーの悲愁が周囲に飛散していくなかで、わたしたちは回転しつづけた。

「すまなかった」パーカーの声は嗄《か》れており、しかも鼻声になっていた。袖で目を拭いて、パーカーはつづけた。「なんということだ。おれは――」

そこでことばを失い、しばし胸を起伏させ、声を殺して泣きつづけた。

ややあって、咳きこみ、咳ばらいをして、あらためて言いなおした。

「くそっ。すまなかった」

「わたしがしてあげられることはある？」

「おれの代わりかな」固く丸めていたパーカーのからだがすこしほぐれたので、わたしは抱擁を解いた。「しばらくはものの役にたたん」

「わかった」運動量を利用して、すこし双方の距離をとった。「だれか呼んできてほしい人はいる？」

「いない。ほかの者には絶対にいわないでくれ」

「了解」だが、そこでわたしは唇をかんだ。テレタイプから吐きだされてきた通信文は、すべてをフローレンスのもとに放置してきた。そのことを急に思いだしたのだ。「もしかすると、フローレンスがみんなに話してしまったかも」

パーカーはゆっくりと働き蜂の中をただよっている。その顔は赤く腫れていた。まるでハチの群れに刺されたようなありさまだった。かぶりをふって、パーカーは答えた。

「フローレンスにわかるはずはない。ほかの個人宛てメッセージと同じく〝ミミからの〟手紙という形を装っていたからな。しかし、あれはちがう。じつのところ……暗号化メッセージをやりとりしていたのは、きみひとりではなかった。見つかったのがきみだったというだけのことで」

「まあ」

「もっと言いたいことがあるんじゃないのか」

「見つからない方法を教えて」

パーカーは笑い、笑ううちに、またしても涙を流しだした。顔をぬぐって、パーカーはつづけた。

「こんな事態を迎えたときに、IACが事実を伏せることはわかっていた。ミミが死んだことを伝えて動揺させるわけにはいかないから、フェイクの手紙を送ってくるだろうとな。そこで、あらかじめ暗号を決めておいたんだ。その暗号はすべての私信に組みこむことになっていた。どれほど短いメッセージにもだ。そして、今回の手紙にその暗号は含まれていなかった」

「IACが編集したのかも――」

「よせ」パーカーは背筋を伸ばし、わたしに人差し指を突きつけた。「絶対に徒《あだ》な希望をいだかせようとするな、ヨーク。鉄の肺の電気が断たれてしまえば、人は一時間ほどしか生きられない。どんなに長くとも二時間だ。自家発電機で電気を供給できるのは二四時間――。だが、停電は一〇日以上におよんだという。そのあとでもぶじであれば、かならずメッセージに暗号を忍ばせただろう。ミミは――」

顔がくしゃくしゃになった。口を鋭く閉じたのは、嗚咽を漏らさないようにするためだ。

わたしはそばに近づきかけたが、パーカーがかぶりをふったので、動きをとめた。

「わたし……わたし、代行するわ。安心して」

パーカーはうなずいた。

「なるべく早く行く」

「ゆっくりでいいのよ」

パーカーは半笑いになり、立ち去れと手をふった。ほんとうは、ひとりにしておいてはいけない気がした。パーカーにこんな気持ちをいだいたのははじめてだった。いつもなら、そそくさとパーカーの前から離れるところなのに。それでも、椅子の一脚に手をかけて、ハッチのほうへ向きを変え、指先でからだを押しやった。ハッチをめざしてキャビン内を移動しはじめる。

「ヨーク？」ファンのうなりにかき消されてしまいそうな声が背後から追いかけてきた。

「はい？」

わたしはハッチに手をかけ、パーカーに向きなおった。

「今夜、よければ……妻のために追悼の頌栄《カディーシュ》を唱える手助けをしてはもらえまいか。わたしは知らないんだ、その――」

パーカーはそこまでいって、両手の付け根を目に押しあて、歯を食いしばった。

「ええ。もちろんよ」

パーカーはうなずいた。歯はまだ食いしばったままだ。わたしは艇外にすべりでると、固くハッチを閉め、働き蜂内部の音が外に漏れないようにした。

31

通信衛星、二基とも復旧

［カンザスシティ（カンザス州）発　一九六三年七月十九日］　国際連合の通信衛星が二基とも復旧した。五月に地球ファースト主義者が起こしたテロ行為により、機能停止したと思われていた両衛星だが、国際航空宇宙機構の懸命の努力により、ここにとうとう復旧がなった。両衛星は地球上の電話通信を容易にするだけでなく、第一次火星探険隊との通信を可能にするネットワークの一部をも構成する。宇宙飛行男士と宇宙飛行女士たちは、この二カ月にわたり、自分たちが乗り組む宇宙船が果てしない宇宙空間を突き進むあいだ、自分たち以外の人類との接触を断たれていた。だが、探険隊のミッションが首尾よく進行中であり、まもなく火星周回軌道に乗る準備を進めていると知って、全世界が興奮に湧いている。ミッションを指揮するステットスン・

パーカー隊長いわく、「わたしたちは地球のみなさんの信任を受けてこのミッションの遂行に臨んでいます。もうじき見えてくる姉妹惑星の荘厳な景色――これをお目にかけられる日がとても楽しみです」

フライトスーツのポケットに入れたナサニエルからの手紙は、あたかも火の玉のように存在感を放ち、生地に穴をあけてしまわないかとはらはらしたが、わたしはあえて読まない覚悟を固めていた。パーカーはまだ働き蜂《ビジービー》から出てきていない。そしてわたしたちにはするべき仕事が山ほどある。

わたしは厨房の前部でホワイトボードの前に立っていた。これはパーカーの定位置だ。ありがたいことに、パーカーのクリップボードを持っているおかげで、自分の手がひどく震えているのを隠すことができた。わが不安ながら、どうしようもない馬鹿野郎といわずにはいられない。よりによって、こんなときに顔を出し、室内にいる四人を前にして――それも、よく見知った人間を前にして――声を出させまいとするなんて。

1、1、2、3、5、8、13……

咳ばらいをした。というか、しようとした。逆境でもしゃべれる経験を積んできたのは幸いだった。

「これがミッション管制センターから送られてきた役割表よ。ただ、このとおりにするかどうかを決めるのに先だって、いまパーカーが見直しをかけているの」この〝見直し〟の時間にパーカーが立ちなおれるかどうかはなんともいえなかった。「着陸船を送りだせる状態になるまでは、〈ルネッタ〉で行なったリハーサルのとおりにやるわ。だから今週は資材のチェックからスタートします」

おりしも、パーカーが梯子をすべりおり、厨房に入ってきた。

「はじめていてくれたか。すまんな、ヨーク」からだをぬぐってきたと見えて、アフターシェーブの香りが室内にただよった。「いましがた、ベンコスキーとやりとりをしてきた。少々変更がある」

わたしはパーカーのクリップボードを差しだした。パーカーはうなずいて受けとったが、わたしとは目を合わせないようにしていた。クリップボードは片手に持って、一見、さりげなく脇に下げているように見える。しかし、関節が白くなるほど強く握っていることはひと目でわかった。

キッチンテーブルという安全地帯に逃げこもうと、わたしは一歩を踏みだした。そのとたん、パーカーがわたしの腕をつかみ、引きとめた。

「ここにいろ」それから、話しはじめる前のいつもの習慣で、首をまわし、ポキッと音を鳴らしてから、一同に語りかけた。「さて諸君。ききたいことは山ほどあるだろう。グレイとヨークには、わたしがミッション管制センターとじかに交信できるようになるまで、情報を伏せておくよう指示しておいた。なかにはミッション管制センターが明言できない情報もある。そして、正直な話、わたしの胸のうちにとどめてほしいと思っている情報もある。だが、向こうの思惑など知ったことか。これより状況報告《SitRep》を行なう」

チームメイトたちは目に見えて緊張した。レナードは両ひじをテーブルにのせ、顔の前で両手の指先をくっつけて尖り屋根を形作った。ハファエウは顔をあげ、フローレンスは小首をかしげて目を細めている。カムは組んでいた脚をほどき、前に身を乗りだした。

「破壊活動は地球ファースト主義者だけによるものではなかった。ＩＡＣの計算室にも協力者がいたんだ。カンザス宇宙港にも襲撃をかけたほか、送電網も破綻させた。破壊活動に用いたのは旧ソヴィエト連邦の兵器だ。ロシアが積極的に関与しているかどうかはわからないが、可能性はある」

カムが手をあげた。

「月のアルテミス《アーテミス》基地と〈ルネッタ〉は？　だいじょうぶだったの？」

パーカーはうなずいた。

「宇宙との往還はブラジルとヨーロッパの宇宙港でまかなえた。しかし、すべての通信はカンザスと二基の通信衛星を通じて行なわれていたからな。要点をいえば――ミッション管制センターはこちらに通信を送ることはできる。だが、こちらの状況はこまかいところまで把握できない。したがって、宇宙船を火星軌道に投入するには、全面的に船の航計士に頼らざるをえない」

つまり、わたしにということだ。そして、ハイディに。〈ピンタ〉でもいまこのとき、同じ説明をしているのだろうか。

「同様のことは帰還時の航路にもいえる。新しい通信衛星は、そう早くは造れないし――ありていにいって――いまのわれわれは、地球の予算を最優先でつぎこむ対象ではない」

パーカーはクリップボードを両手に持ちなおし、ひっくり返した。「それはつまり、われらが航計士二名が、両船のクルーでもっとも重要なメンバーになったことを意味する」

こんにちは、不安。口の中に唾液があふれた。むかしからおなじみの、嘔吐する前兆だ。3・14159……。ごくりとつばを飲みこみ、鼻でゆっくりと呼吸をした。

「ベンコスキーと協議のうえ、これから行なう決断には、諸君全員の意志を尊重しようと結論した。そこで、きわめて稀な事例ではあるが、票決を行ないたい。地球にぶじ帰れる可能性がいちばん高いのは、このまま火星に着陸せず、火星を利用してスイングバイし、引き返すことだ」

「冗談じゃない」ハファエウが手を横に薙いだ。「あれだけいろいろな思いをしてきたんだぞ。エアロックから放りだしてくれてもいい、おれは火星に降りる」

「同感だね」レナードがうなずいた。「着陸せずに戻った場合、もういちど挑戦をさせてくれると思うかい？　まあむりだな」

「これで二票」パーカーはホワイトボードに向きなおり、チェックマークをふたつ記した。チェックをつけなくてはならないほど大人数がいるわけではないというのにだ。それとも、しばらくのあいだ、ほかのみんなに背を向ける必要があったのだろうか。「ご婦人がたの意見は？」

「わたしはレナードと同じ。理由も同じ」フローレンスが肩をすくめた。「スイングバイして地球へ帰るために、わざわざここまできたわけじゃないからね」

「同感よ」カムが笑った。「このなかに、着陸しないで地球へ帰ろうと思う人間がいると思うこと自体、信じられないわ」

「ヨーク？」パーカーはわたしに水を向けたが、そこでさっと人差し指を立てた。「いや、待った――答える前に念を押しておく。計算はきみとフーゲリの双肩にかかっている。したがって、きみたちふたりは着陸班に加われない。それでもいいか？」

フローレンスが鼻を鳴らした。

「いまさら、なによ――ヨークのバックアップにならないんなら、あのろくでもない計算機の使い方をなんのために憶えさせられたっていうの？　計算は機械にまかせて、ヨークも着陸班に入れればいいじゃないの」

「その部分は票決に関係ない」

「その点なら、だいじょうぶよ……はじめて月にいったときも同じだったから。月面には降りずに、ただ月を周回してきただけだもの」ナサニエルにはきっと家に帰ると約束した。確実に帰るためには、自分が火星に降りなくてもかまわない。「火星着陸、一択ね」

パーカーはしばしば、ホワイトボードのそばに立っていたので、ほかのみんなからは見えないパーカーの横顔が見えていた。目をぎゅっとつむっている。自分の意志を表わす六番めのチェックマークを書き加えることはなく、パーカーはごくゆっくりと息を吐きだした。

「こうなれば、話は早い」

本人の顔さえ見ていなかったら、ごく平然と、自信たっぷりにしゃべっているように思えただろう。

ここでパーカーは目をあけ、わたしがホワイトボードに書いておいた役割表の一部を消した。

「それでは役割表を見ていくことにしよう。若干の変更を加えねばなるまい。ヨークにはフライトプランを一〇〇パーセント確実なものにしてもらうための時間が必要だ。だからヨークの日常業務はほかの者たちに割りふる」

かんべんしてよ。わたしは厨房の床に視線を落とし、床板の磨耗や傷を見つめた。みんなの目に戻ってきたであろう怒りの色を見ないようにするためだ。ここでハファエウが、すわったままで身を乗りだした。

「それなら、おれを……おれを副パイロットにする気はないか？」

パーカーはふりかえり、唇をすぼめ、まじまじとハファエウを見つめた。

「その件についてはミーティングのあとで話そう。当面、きみと〈ピンタ〉のシェーンハウスには、各着陸船の整備に専念してもらう必要がある」

わたしは震える両手を見られまいとうしろにまわし、パーカーに提言した。

「ほかの仕事をするのはかまわないわ。計算に根を詰めないようにするためにもね」

「だったら、休憩をとれ。それとも、休憩のしかたがわからないか？」

この口調はたぶん、奥さんを失ったせいだろう。悲しみを覆い隠そうと努めるあまり、ついついきつい口調になってしまうのだ。

すくなくとも、そう思っているふりをすることはできた。そう——パーカーはわたしに怒りを向けているわけではない。

そう思うことで顔をあげ、パーカーに顔を向けられるようになった。そもそもパーカーは、こういうことでわたしに怒りを向けた例《ためし》がないではないか。

胃に宿っていた不安の塊が霧消し、固体から気体に昇華したように感じられた。昇華して出てきたのは笑い声だった。いきなり笑いだしたことで、パーカーはぎょっとした顔になった。驚いたのは、わたし自身もだ。パーカーには、わたしがとうとうユーモア感覚を見つけたとでも思わせておこう。肩をそびやかして、わたしはいった。

「わたしの休憩というのは、料理をすることよ。だから、だいじな厨房の当番から絶対にはずさないで。文句があるなら、パイを焼いてもあなたにはあげない」

フローレンスが笑った。

「あなたの負けよ、パーカー。一本取られたわね」

「やれやれだな」パーカーは首の骨を鳴らし、ふたたびホワイトボードに向きなおった。今回は笑みを浮かべている。「自分の居場所を厨房と認めるなら、もうなにもいうまい」

「そうよ」わたしはホワイトボードを軽くたたいた。「げんにこうやって、あなたの横に立ってるじゃないの」

愛しいエルマ

愛してる。ぶじだとわかって心からうれしい。じつをいうと、ろくに眠れなかったんだ――ぼくだけじゃない、みんながそうだった。それにしても、トーマスは漢《おとこ》だな（それに、そう、トーマスにはしっかり食事をとらされてる）。彼がいなかったら、ぼくはどうなっていたことやら。その他もろもろは公の通信が一段落したそのあとで。いまはぼくが元気なことだけ伝えておくよ。愛してる。きみはぼくの誇りだ。

もういちどいう。愛してる。

ナサニエル

エクササイズ・モジュールに入ってみると、パーカーはすでにウェイトリフトのベンチにすわっていた。ここが夜遅くに使われることはない。働き蜂は防音だが、これからすることには重力が必要になる。

わたしが入ってきたことに気づいて、パーカーは顔をあげ、小さく手をふった。

「すまんな。代行をたのんでしまって」

「仕事だからね」わたしはパーカーの前の床にすわりこんだ。「ハファエウとはどういう結論になったの？」

「フラナリーとともに着陸船を操縦して、火星に降下してもらうことになった。わたしは操縦できる状態ではないからな。〈ニーニャ〉を火星周回軌道に投入するさいの操船も、全面的にきみの指示にしたがう」

「あまりプレッシャーをかけないでよ」

「なにがプレッシャーだ」パーカーは苦笑し、フライトスーツのほつれた糸をつまんだ。「当初、きみを排除しようとしつづけたわたしにいわせれば、きみは肝がすわっている。ユーモアは解さないかもしれないが、鉄の女ではある」

わたしは愕然としてパーカーを見返した。このわたしが？　肝がすわっている？

「わたしが毎日のように吐いていたこと、知ってるでしょうに」

パーカーは鋭く顔をあげた。

「冗談だろう」

「だったら、どうしてわたしが精神安定剤《ミルタウン》のお世話になっていたと思うのよ」

「いや、まさか——てっきり女性固有の問題に対処するためだとばかり」パーカーは肩をすくめ、うなじをさすった。「そうだったのか。すまなかった」

ここでことを荒だてなかったわたしに注目してほしい。パーカーがあやまった理由が、

〝女性固有の問題〟なる表現を用いたことに対してなのか、わたしを吐くまで追いつめたことに対してだったのか、あえてたずねなかったのだから。そもそもこの時点で、それはもうどうでもいい問題になっていた。

「謝罪を確認」

パーカーは突然、顔を歪め、前のめりになり、両手で口をおおった。わたしは反射的に、彼の前に両ひざをつき、しゃがみこんだ。嗚咽の波が何度も走りぬけ、からだをわななかせている。両手で口を押さえてはいても、こらえようのない嗚咽が漏れていた。わたしはひざ立ちになり、全身を震わすパーカーをそっと抱きしめた。パーカーはわたしの肩に頭をもたせかけた。

嗚咽は長くはつづかなかった。パーカーはかぶりをふり、頭を引きもどした。

「すまない。くそっ」ポケットからハンカチを取りだして、大きな音を立て、力いっぱい鼻をかんだ。「なにがきっかけで暴発するかわかったもんじゃない」

わたしはうなずき、またしゃがんだ姿勢に戻った。

「やっかいよね。思いがけないときにそうなるのは。うまくいっているとき、急にそんな状態になったらたいへん」

パーカーは歯を食いしばり、つばを飲みこんでから、すわっているベンチの左側を見た。

まるでそこに置いてある鉄のウェイトが、この船でいちばん重要なものであるかのように。隕石落下で、両親が——親族の大半も——亡くなったあと、わたしもしばらく同じような状態に陥り、亡くなったみんなのことを思いだすまいとして苦しんだ。いまもときどき、その苦しみがぶりかえす。そんなときには、楽しかった日々の思い出がよみがえってきて、心を打ちすえる。母とはもう、なにひとつ分かち合えない。父はもう、けっして知ることがない——わたしが宇宙飛行士になったことを。わたしが宇宙飛行士であることを。

「双子の息子さん、いまいくつなの?」

「一六歳だ。最後の手紙で、ミミはあいつらが一歩も譲らないといってきたよ——おれが地球に帰ったとき、どちらが出迎えるかで」

またしても顔がひくつき、パーカーはぎゅっと目をつむって顔を歪めた。身内の苦悩をむりやり押しこめようとしているかのように。

一六歳。ということは、パーカーはハイスクールの卒業式に立ち会えないということだ。わたしたちが帰りつくころには大学生だろうが、いまそれをパーカーにいうのは酷というものだろう。

二度、短く息を吸ってから、パーカーはまた目を開いた。

「鉄の肺に入っていてさえ、妻はほんとうにいい母親だった」

これは奥さんのことを話題にする、格好の切り口に思えた。

「追悼の頌栄《カディーシュ》のほかに、わたしたちは七日間の服喪《シヴァ》という儀式も行なうの。すわって喪に服しながら、故人の遺徳を讃えあうのよ」

「通夜のようなものか」

「たぶんね」

パーカーはすこし背筋を伸ばし、片手で髪を梳《す》きあげた。

「ミミは徹底して人を避けていた」

「それが奥さんのことをあまり話さなかった理由？」

「そうだ」両手を前に伸ばした。結婚指輪が光をとらえてきらめいた。パーカーが結婚指輪をはめているところを見るのはこのときがはじめてだった。わたしたちが悲しみに対処するやりかたは、なんと奇妙なのだろう。「ポリオにかかったあと……自分が重荷になるのを、心底からきらってな。人にじろじろ見られるのもいやがって、それで引きこもるようになったんだ。しかし、ミミは猛烈に頭のいい女性だった。ミミが勉強の手助けをしてくれなかったら、おれは宇宙計画に参画できなかったろう。結果的に、おれは宇宙に出た最初の人間になった。するとどうだ、いたるところからレポーターどもが押しよせてくる」

　わたしは顔をしかめた。自分が〈レディ・アストロノート〉になったときのことが思いだされたのだ。

「ヒルみたいだものね、あいつら」

「放置しておけば、ミミは世紀の人間的興味《ヒューマン・インタレスト》ストーリーに仕立てあげられていただろう」そういって、パーカーは左手を持ちあげた。「だからおれは、結婚指輪をはめるのをやめた。妻への視線をそらすために。ペイのいい仕事と見れば引き受けたのは、ミミをケアする資金を工面するためだ。施設にも移した。それもこれも、すべてはミミにスポットライトがあたらないようにするためだった」

　向かいあってすわるわたしたちのまわりでは、船内のファンがささやきつづけている。

「奥さん、どんな音楽が好きだったの？」

「ラグタイムだ」口角がすこし吊りあがり、微笑を形作った。「自動ピアノを持っていて、いろいろなミュージック・ロールを集めていた。なかにはスコット・ジョプリンのサイン入りまであった。あのキング・オブ・ラグタイムのだ」

「すごいわね」

「作曲もしていた。ポリオが発症して、もう演奏はできなくなっていたが、ミミの発案でミュージック・ロール紙に鑽孔《さんこう》する装具をこさえたんだ。さっきもいっただろう、ミミは猛烈に頭がいいと」

「すごい人みたいね」わたしは興味をそそられた。そそられるあまり、これほど奥さんに惚れこんでいながらほかの女に手を出したことをどう釈明するのか、きいてみたい衝動に駆られた。わたしに関係のないことではあるが、どうしても気になったのだ。「奥さんの音楽、ぜひ聴いてみたいわ」

「地球に帰ったらな」そこでふたたび、パーカーは沈黙に陥った。

パーカーの気持ちを引きたてられそうな話題は、ひとつしか思いつかなかった。言語だ。

「アラム語を勉強する準備はできた？」

「ヘブライ語ではなく？」

「ええ」これからいうことばを唱えるには、立ってもらうのが筋だ。しかし、自分の所属する文化をすべて強要するつもりはなかった。「イトガダール・ヴィイトカダーシュ・シュメイ・ラバ。ビィアルマ・ディヴラ……」

パーカーは首をかしげながら、

「イッガデル・イッガデーシュ——ちょっとちがうな」

ちがってはいたが、たいていのユダヤ人がはじめて挑戦する発音よりも正しくはあった。わたしはもっとゆっくり発音した。

「イト‐ガ‐ダール・ヴィ‐イト‐カ‐ダーシュ」

完璧だった。こんなにも早く発音をものにするパーカーに、すこし妬《ねた》ましさをおぼえた。

「イトガダール・ヴィイトカダーシュ」

「〝偉大にして神聖なる神の大いなる御名〟という意味よ」

パーカーは最前から意味がわかっていたかのようにうなずいた。パーカーのことだから、ほんとうにわかっていたのかもしれない。

「毎年、隕石が落ちた日になると、ミミはそのことばを口にしていた」

「ほとんどのユダヤ人がそうよ」それはわたしとて同様だ。毎年、唱えていた。母と父のために、伯母たち、いとこたち、そのほか、隕石で命を落とした何十万もの人々のために。「イトガダール・ヴィイトカダーシュ・シュメイ・ラバ。ビィアルマ・ディヴラ……」

パーカーは手の甲で目をこすった。

「これでアラム語の授業が終わりだとは思わないでくれ」

「続きはまた、ほかの人たちが火星にいっているときにね」

パーカーはうなずいた。そして、ミリアム・パーカー（旧姓カプラン）の寡夫、ステットスン・パーカーは、ふたたびカディーシュを唱えはじめた。唱えおえるまでには、長い時間がかかった。

たぶんそれは、パーカーの心の救済になったと思う。

一九六三年九月三日

愛しいナサニエル。

わたしがとんでもないヘマをしでかさないかぎり、あすのいまごろ、わたしたちは火星周回軌道に乗っているはず。計算自体を心配しているわけじゃないのよ。ハイディとわたしは相互の計算結果をトリプルチェックしているし、フローレンスとドーンはそれを計算機にかけて、問題ないと請けあっているわ。いえ、待って。完全に検証したのはドーンだけ。フローレンスがパンチカードをフィードするさいに、二度、ジャムってしまって、ハファエウがいま、フィーダーの詰まりを直そうとしているところ。

わたしは計算する目的でここにいるわけだし、ミッション管制センターもわたしを火星の地表に降ろさせはしないわ。ハイディについてもよ。でも、わたしたちはどちらも不満をいだいてはいないの。たしかに、ここまできて火星に降りられないのは、残念ではあるけれど、筋は通っているもの。

火星の光景を見せてあげられたらいいのにな。レナードは一カ月前から大型望遠鏡を火星に向けていてね。着陸に好適そうな場所が二カ所あって、そこをじっくり観察しているんだけれど、どちらに降下するかを決めるのは、周回軌道に乗ってしばらくしてから。ああ、わたしったら、どうしてこんなことをくどくど書いているのかしら。どれもこれも、あなたがよく知っていることばかりなのに。あなたが充分に知っているといえないのは、夫に会えなくて、わたしがどれだけさみしい思いをしているかということくらいよ。

火星は美しいわ。地球とはかなり趣《おもむき》が異なるものの、それでも美しい。わたしたちはいつも、火星のことを〝赤い惑星〟と呼ぶけれど、じっさいには控えめなサーモン・ピンクなの。あちこちにくすんだグレイの広がりもあって、ところどころ、黄色い小斑もあるわ。写真を送れるようになったら、このカラーリングが春のファッション界で大流行するでしょうね。

トーマスによろしく。愛していると伝えておいて。あの子があなたにいろいろとしてくれたことを誇りに思っているとも。

ありったけの愛をこめて

エルマ

火星が前部窓いっぱいに広がっている。赤色、黄土色、黄色、極冠の局所的な白――。

だが、どの色にも注意を向けるひまはない。周回軌道に乗るまではむりだ。

パイロット席についたパーカーの両手は、すこしの動揺も見せずに操縦桿を握っている。ありがたいことだ。内面はまだ不安定ながら、表面上は安定しているように見える。この一カ月はふだんよりも物静かだった。ことばのジャブを打ってくることもめっきりすくなくなっている。とはいえ、いまは指揮ぶりも操船も安定していた。

ここでパーカーが、船内スピーカーにつながるマイクをオンにした。

「噴射にそなえよ」

エンジニアリング・モジュールからハファエウが応えた。

「船長の恐れを知らぬ冒険家たち、待機中」

「恐れを知らぬことを確認」パーカーはマイクをオフにし、わたしに問いかけた。わたしに対する声はかすれがちだった。「カウントダウンをたのめるか？」

「了解」

もしやパーカーは、思ったほど安定してはいないのかもしれない。わたしは自分のマイクをオンにし、時計と高度に視線をすえた。

「噴射に向けてカウントダウンを開始する。10、9、8、7……」

いつもの数列とは逆に、この数字は緊張を高めるいっぽうだ。

「6、5、4……」

「エンジン始動」

「3、2、1……噴射」

〈ニーニャ〉の巨大なエンジン群がいっせいに火を噴き、わたしは座席へ強烈に押しつけられた。前部窓の側面方向でも、まばゆい光点がふたつ点《とも》っている。〈ピンタ〉と〈サンタマリア〉も同じタイミングで噴射を行なったのだ。しばらくのち、始まったときと同様、唐突に噴射はおわった。

　パーカーは操縦桿から両手を離し、長々と吐息をついた。これは神経が昂ぶっている兆しだ。ついでパーカーは、現状を報告した。

「燃焼状況報告。点火時間《TIG》差〇、燃焼時間五五七、船体姿勢、VGXがマイナス〇・一、VGYがマイナス〇・一、VGZがプラス〇・一。姿勢《トリム》誤差なし、速度変化量《DELTA-V》Cはマイナス六・八、残燃料、液体酸素《LOX》三九・〇、プラス五〇、バランスよし」

VGX、VGY、VGZはそれぞれ、X軸、Y軸、Z軸方向で加減する速度《ゲインド ヴェロシティ》を指す。

「報告を確認」わたしはマイクをオフにし、計算用紙を引きよせた。「記録のためにいっておくわ。完璧な噴射だったわね」

「マイクをオフにしながら、記録のためもないもんだ」ここでパーカーは、パイロット席で前に身を乗りだし、前部窓の外を指さした。「見ろ、理想的な着陸アプローチをとれる軌道に乗ったようだぞ」

前部窓から外を見れば、船の下方を赤い丘陵がすべっていく。船にはふたたび〝下〟の概念が戻ってきた。レナードはミーティングのさいに、自分で撮った火星の写真を何枚も持ってきていたが、写真と本物とでは、ラジオドラマと生で見る舞台演劇ほどもちがう。沈みゆく太陽が投げかける光によって、地表はくっきりと鮮やかな質感を帯び、地平線は赤みがかった金色に燃えていた。

パーカーはパイロット席の背もたれに背をあずけた。笑みを浮かべたのは、ここ数日来、はじめてのことだ。

「現在高度……二〇四キロ。やはり完璧だ」

「わたしの算出した数字をそのままたどっただけじゃないの」

「ただし、正確にな」

わたしは笑い、つぎつぎに送られてくるデータの処理にいそしんだ。本船の座標把握には、以前に着陸した着陸機《ランダー》、および有人火星探査に先駆けてＩＡＣが軌道に乗せた数基の探査機が送ってくるデータを元にしている。パーカーの噴射は完璧だったかもしれない。

しかし、周回軌道を確認しないかぎり、自分が弾きだした数字にはまだ安心しきれない。計算用紙の上でせっせとシャープペンシルを動かし、眼下をすべっていく火星の地表を眺めつつ、自船の軌道を計算する。

だいじょうぶのようだ。唇をかみ、もういちど計算しなおした。

やはり同じ結果になった。計算結果を丸で囲む。

「最初の数分間における予備追跡データによれば、軌道高度、近火点一五〇キロ、遠火点六二〇〇キロ。安定しているわ」

パーカーはマイクを顔に近づけ、どこにそんな芸を隠していたものか、テラサスも感じ入ったであろうアナウンサーばりの声で全船に報告した。

「大胆な冒険家のみなさん。たったいま、〈レディ・アストロノート〉は本船を安定した軌道に乗せました。火星へようこそ」

32

世論調査の結果
民衆は火星着陸を支持

あす、第一次火星探険隊が火星に着陸する。昨日のカンザスシティ・ポスト紙でルイス・ハリスが公表した世論調査の結果によると、アメリカ市民の火星着陸に対する反応は、支持51％、不支持41％で、支持が不支持を上まわった。この一年間で、世論は大きく好意的な方向へ傾いている。その原因はおおむね、地球ファースト主義運動への反発にある。

〈ピンタ〉での習慣が身についてしまったのか、それともキッチンテーブルが作業場所に最適だからか、理由はともかく、ハファエウ、レナード、わたしの三人は、そこでの作業に着手した。たぶん、決め手はテーブルの広さだったのだと思う。というのも、レナードは一連の写真をテーブルの一端に広げ、着陸場所のマップ作成にいそしんでいたからだ。ハファエウは片方のこめかみを指で押さえ、火星着陸船のマニュアルをにらんでいる。

わたしはといえば、日がな一日、数字とにらめっこをして、頭も目もくらくらしていた。ぱたんとバインダーを閉じ、伸びをして、ふたりに問いかける。

「ケーキ？　パイ？」

「パイだな」レナードが手をあげた。

「ケーキだよ」シャープペンシルでレナードを軽くたたき、ハファエウが異論を唱えた。

「票が割れたからには、自分の食べたいものを作るわ。これはお約束」わたしは脚を横にすべらせ、ベンチの端から立ちあがった。正直な話、この船にある材料では、ケーキ作りはむずかしい。しかし、母のパウンドケーキを食べたくてしかたがなくもある。問題は、サワークリームの代用をどうでっちあげるかだが……。

ハファエウが音高くバインダーに頭をのせた。

「おれも休憩しよう」

「その格好だと、うたた寝だな」レナードはありもしないクリップボードをチェックするふりをして、パーカーの口まねをした。「ふむ……それは本日の日程にはないようだぞ」

「ほっといてあげなさいな。着陸船のコントロールパネルは操作が直観的じゃないから、はじめは使いこなすのがたいへんなのよ」

月面着陸船のコントロールパネルも操作方法を憶えるのはひと苦労だったが、いったん慣れてしまいさえすれば、単純明快ではある。わたしは計算用バインダーをその場に残し、カウンターに歩みよった。粉ミルクとレモン果汁でサワークリームの代用になるかしら？どうやらパイにしたほうが無難のようだ。

わたしの背後で、ハファエウがうめくようにいった。

「冗談でいってるわけじゃなさそうだな」

「パーカーにきいてごらんなさい、〈サンタマリア〉にいって、しまいこんである着陸船に乗りこんでもいいかって」考えてみると、シンプルなチョコレート・ケーキもいいかもしれない。シナモンを入れれば風味もよくなる。「現物を見れば、シャットダウン手順を憶えるのが楽になるわ」

「まるで経験してきたみたいな言いぐさじゃないか」

わたしは戸棚からボウルを取りだし、肩ごしにハファエウを見た。

「月着陸船で使ったのと同系のコントロールパネルだもの」

「馬鹿だな、おれも《プッタ・キ・パリウ》。そうだった、そうだった。しかし、そうなると……着陸船の操縦、おれじゃないほうがいいんじゃないか？」

　わたしはカウンターにボウルを置き、うしろに向きなおった。

「まったく同じ型というわけじゃないからね。大気中を降下したこともないし」

「そうはいうけど、それにしても——着陸船のフライト時間はおれより長いわけだろう。そもそも、おれはシミュレーターの経験しかないんだし」

　パイロットである以上、それを肯定したい気持ちはとても強かった。事実、着陸船でのフライト時間はわたしのほうが長い。本音をいえば、みずから火星に降りたくてしかたがなくもある。火星の地表をこの身で味わいたかった。だが、そうできない理由もちゃんと心得ている。わたしはテーブルに置いた自分のバインダーを指さした。

「開いてみて」

　ハファエウがけげんな顔になった。

「なにをいいだすんだ、エルマ……」

「とにかく、開いてみて。そこに書いてある計算が、ひとつでもあなたに処理できる？」

そう、これだ。この手の計算をすることこそがヘレンの仕事だった。わたしはその立場を奪ったのである。理由はちがっていても、わたしたちはおたがい、自力では変えようのない世界の仕組みに屈した。ヘレンもおもしろくなかっただろう。わたしだって納得したふりをするつもりはない。とはいえ、それが現実なのだからしかたがない。「わたしはこの船に、計算をするために乗っているのよ。まあ、なにはともあれ、まずパイね」

　レナードがほほえんだ。

「パイは好物なんだ」

「わたしもよ。3・14159265……」円周率《パイ》に引っかけた洒落をいってから、レナードにウインクし、パイ作りに取りかかった。「ところで……おお、そこなパイロットのお方。着陸船につける名称はもうお決めになられたのでしょうか」

ハファエウはバインダーに視線を落とし、片手でページをなでつけた。

「〈テラサス〉さ」

　人類がはじめて火星に着陸したときどこにいたのか、あなたは憶えているだろうか。わたしは〈ニーニャ〉の船橋《ブリッジ》にいて、副パイロット席につき、シャープペンシルと計算用紙を手に、降下コースをプロットする態勢をととのえていた。となりの席についたパーカーはとくになにもしていない。ふたりして前部窓から下方を見おろし、無線チャネルからの報告に耳をすます。〈テラサス〉はいましがた、高度一二五キロで火星の大気圏に突入したところだ。

わたしたちふたりを除いて、クルーは全員、〈テラサス〉に乗っている。〈テラサス〉が先行して降下し、万事うまくいけば、二週間後に〈ピンタ〉の着陸船も降下する予定だった。

送信されてくるレナードの声は鮮明で落ちついていた。

「レーダーによる観測では、火星地表からの高度一一五・二四キロ。光学機器による観測は高度一一六・一五キロだ」

〈テラサス〉の降下過程を記す計算用紙にいまのデータを書きとめた。

「高度を確認。姿勢を一〇度右に倒すよう勧める。その後、噴射を許可する、オーバー」

「許可を確認。動力降下を行なう」

動力開始まであと五分。その瞬間まで、着陸船は司令船より下の低軌道をめぐっているにすぎない。わたしのとなりの席では、パーカーがひざの上で両手を曲げ伸ばししている。あたかも自分で着陸船の操縦桿を握りたいかのように。

レナードのマイクを通して、ハファエウの声が小さく聞こえた。

「[安定化]および[制御]回路遮断器群。降下エンジン制御部《DECA》によるジンバル姿勢制御《AC》、停止。DEコマンド・オーバーライド、オフ。ジンバル有効。制御度、二五度毎秒」

前部窓の外を赤い惑星がおおいつくしていること以外、シミュレーションとまったく変わらない。

「クロックをセット、三分三〇秒後に点火」

「点火時間を確認」時計に目をやり、〈テラサス〉の現在位置をたしかめた。「復唱する。クロックをセット、三分三〇秒後に点火」

「復唱確認。噴射《スラスト》／推進《トランスレーション》エンジン四基。バランスカップル、オン。噴射推進操縦部《TTCA》、スロットル最小。スロットル自動／着陸船船長《CDR》手動制御。［推進剤］ボタン、リセット。［推進］ボタン」レナードは冷静そのものの声でパイロットのハファエウのためにチェックリストを読みあげていった。「すべて良好。［降下中止］ボタンと［上昇中止］ボタンをリセット。［姿勢制御］ボタンは三要素を［モード制御］に。［中止・誘導システム《AGS》］の表示は四〇〇プラス一」

頭の中には〈テラサス〉のコックピットの状況が鮮明に見えていた。着陸船はエンジン側を下にして飛んでいる。降下の途中、エンジンを地表に向けて噴射し、減速するためだ。その姿勢だと前部窓からも地表が見えるので、着陸船の軌道を目視で確認できる。じきに〈テラサス〉は着陸船を一八〇度右に倒す。レーダーを一時的に地表へ向けるためである。そこから先は、すべてハファエウの操縦能力にかかっている。

わたしはいつでも記録をとれるよう、シャープペンシルを握りつづけた。

ハファエウがいった。

「点火」

パーカーが両手をあげ、祈りをこめて指先を交差させた。

〈テラサス〉はこちらのレーダーに映っている。

「降下速度、順調に低下中」

「ミミもこんな思いでいたのだな……」パーカーがつぶやいた。

わたしはレーダー画面から目を離さないまま、シャープペンシルを持っていない左手を伸ばし、パーカーの腕をぐっと握った。

「自分がだれと結婚したのか、奥さんはちゃんとわかってくれていたわよ」

「はは」

ナレーションのない無線ドラマのように、レナードの声がいった。

「スロットルを絞るのは……六プラス二五だ。そこで噴射を弱める」

わたしは唇をかんだ。〈テラサス〉は噴射開始後、六分二五秒でいったんスロットルを絞る。うまくいっている。わたしにできることはなにもないが、なにか力になりたくて、やきもきのしどおしだった。それは人生でもっとも長い六分二五秒だった。

「スロットルを絞った。高度一五〇〇メートル。速度三〇・五メートル毎秒。姿勢制御良好」

やっとのことで、ふたたび数値が出てきた。数字ならすんなりと頭に入ってくる。頭の中だけで処理するのは簡単だったが、念のため計算用紙に経過を書きこんだ。そして、いった。

「着陸を許可する。オーバー」

「着陸許可を確認。高度九一四、速度二一・三」

レナードには見えないと知りつつ、わたしはうなずいた。

「着陸指示受信を確認。高度九一四メートル」

「現在、六一〇メートル。六一〇メートル」

パイロット席から覗けば〈テラサス〉が見えるかのように、パーカーが身を乗りだした。眼下を赤色と黄土色がすべっていく。理屈のうえでは、〈テラサス〉は母船の直下にいる。とはいえ、火星の大気はきわめて薄いので、大気圏突入時の炎は地球の場合ほど派手にはならない。

「三五度。三五度。二二九メートル。七メートル毎秒で降下中」レナードの口調は惑星に着陸する過程ではなく、株式市況でも読みあげているかのようだった。「一八三メートル、五・八」

計算用紙に数値を記しつづける。手持ち無沙汰だったからではない。なにかして両手を動かしておらずにはいられなかったからだ。パーカーがはじめて地球周回軌道にあがったときと同じように、わたしは〈テラサス〉の降下曲線を記録しつづけた。

「一〇七メートル、一・二毎秒。地表に本船の影が見えた」

大気中での着陸は至難の業だろう。これほど薄い大気でもだ。だが、眼下に影が見える経験はわたしも月でしている。着地はもうじきだ。

「三〇・五メートル、降下速度一・一毎秒、二・七毎秒で前進中」

カムとフローレンスはいま、着陸船の後部座席から食いいるように舷窓の外を見つめているにちがいない。

「一二・二メートル、〇・七六毎秒。噴射で砂塵が舞いあがっている」

わたしは息を呑んだ。パーカーも同様にちがいない。つぎの報告を待つあいだ、船内が静まり返っているように感じた。すべてのファンが停止したかのようだった。

「接地灯、点灯」

レナードが報告した。それにつづいて、この一〇分間ではじめて、ハファエウの声が聞こえた。これも冷静そのものの声だった。

「シャットダウン――エンジンを停止した」

ここでパーカーが、地球を出発して以来ずっとためていたかのように、長々と息を吐きだした。わたしは計算用紙を宙に放りあげた。用紙はばらばらになり、計算で埋めつくされた紙の〝スノーグローブ〟となってわたしたちふたりの周囲に浮かんだ。

スピーカーごしに、大はしゃぎするフローレンスの声がかろうじて聞きとれた。それをバックに、ハファエウの声がいった。声は冷静ながら、その顔には満面の笑みが浮かんでいるにちがいない。

「〈ニーニャ〉、こちらブラッドベリ基地。〈テラサス〉は着陸した」

新たなコールサインを耳にしたとたん、目頭がじんわりと熱くなった。ああ、神さま。ほんとうにやったんだわ。

パーカーがマイクをつかむ。

「朗報を聞けてうれしい、ブラッドベリ。みごとな着陸だった、おめでとう」

「ブラッドベリ、こちら〈ピンタ〉」ベンコスキーの声が割って入った。その背後には、〈ピンタ〉のクルーがあげる歓声が聞こえている。「われわれも全員、沸きに沸いている。おめでとう。合流するのが待ちきれない」

「ありがとう。すごい景観だ。空中から見たときには赤一色だったのに、着陸してみると、外の岩塊には青く見えるものがある」そういって、ハファエウは笑った。「たったいま、レナードがおれの科学知識にあきれかえったという顔をしたよ。さて、これからは忙しい。もたもたしていると、おれたちを放って、レナードがさっさと船外活動に出てしまう」

「船外活動をはじめてくれ。それと、写真撮影も忘れずに」パーカーはいったんマイクをオフにし、わたしに笑顔を向けた。計算用紙はいまなお、たがいのあいだを舞っている。パーカーはそのうちの一枚をひょいとつかみ、紙面を埋めつくす計算を見つめた。「よくやってくれた、ヨーク」

「わたしの仕事だもの」

パーカーの笑顔がふっと柔和になった。どう形容すればいいのだろう……ほれぼれするような笑顔といえばいいだろうか。

「着陸船に乗せてやれなかったことは、すまなかったと思っている」

わたしは肩をすくめた。前部の窓ごしに、眼下を回転する火星を眺めやる。ナサニエルにはぜひとも、この光景を見てほしい。レイチェルにも、トーマスにも、ハーシェルにも。ヘレンにも、いいえ、地球の全員に……。

「今回はしかたないわ。でも、最後のチャンスというわけじゃないでしょう?」

地球に帰ったら、ありとあらゆるつてを使って、火星にくる移民船団のどれかに乗ろう。

さまざまな立場の人々を満載した船のどれかに。わたしが〈レディ・アストロノート〉と呼ばれるようになってひさしく、この名がどれほどの影響力を持つかはよく知っている。

そして、きょうからわたしは、〈火星のレディ・アストロノート〉なのだ。

エピローグ

火星最初の人間
国際連合で演説

本日、レナード・フラナリー博士は、きたるべき第二次火星探険隊に関し、国際連合においてスピーチを行なった。フラナリー博士は第二次探険隊を率いて火星にコロニーを建設する役目を担う。そのスピーチで、博士はすべての国家に対し、われらが姉妹惑星に人類の新たな家を創建するため、平和裡に協力しあうよう呼びかけた。「これは地球に代わる家を造るためではありません」博士はスピーチでいう。「その目的は、人類に新たなフロンティアと機会を与えることにあるのです。黒人であるわたしは、宇宙においてすべての人間が平等に創られたことの生ける証拠といえるでしょう。わたしという存在が、先々の世代の励みになることを心から願ってやみませ

ん」

博士のとなりには、フラナリー博士の副長を務めるエルマ・ヨーク博士も臨席していた。彼女は宇宙計画草創期において、〈レディ・アストロノート〉として名を馳せた人物である。身につけているのは洗練された青のアンサンブル、頸にかけた真珠のネックレスが目を引いた。

本日はいよいよ火星に着陸する日だ。着陸船〈エスター〉が周囲で振動しだす。大気圏突入にともない、船体の外殻が大気の洗礼を受けているのである。ややあって、わたしのうしろで航計士席につくヘレンが火星地表への接近を報告した。

「クロックをセット、三分三〇秒後に点火」

「点火時間を確認、三分三〇秒後に点火」

口の中がからからに渇いてはいても、操縦桿を握る両手は安定している。着陸船に乗るほかのクルーはみな口を閉じているが、わたしが見ているこの景色、わたしたちを迎えようとせりあがってくる赤い大地は、だれの目にも見えているはずだ。前部窓から視線を引きはがし、ヘレンから声がかかれば即座に対応できるよう、ミッション・クロックに目を注ぐ。

「クロック、セットずみ、カウントダウン実行中」

「カウントダウン実行中を確認」

右の副パイロット席では、最初の火星への旅でハファエウに対してしたのと同じように、デジタル表示の数字が刻々と切り替わりだした。

レナードがチェックリストを読みあげていった。

「噴射《スラスト》/推進《トランスレーション》エンジン四基。バランスカップル、オン。噴射推進操縦部《TTCA》、スロットル最小。スロットル自動/着陸船船長《CDR》手動制御。［推進剤］ボタン、リセット。［推進］ボタン……オーケー」

各チェックごとに、適切なスイッチを入れていく。月面に着陸するときに似ているが、それでいてまったくちがう過程だ。わたしはいま、火星に着陸しようとしている。着陸手順はおなじみでも、火星には大気があるので、それだけですべてが変わってくる。人間のような生物が住めるほどの大気密度はないが、大気の存在は、ほんの一瞬でこの船を破壊しかねない。

「すべて良好。［降下中止］ボタンと［上昇中止］ボタンをリセット。［姿勢制御］ボタンは三要素を［モード制御］に。［中止・誘導《AGS》システム］の表示は四〇〇プラス一」

ミッション・クロックの数字はみるみる小さくなっていく。

「点火」

点火装置をひねり、エンジンを四基とも点火する。

轟音とともに、エンジンが噴射を開始した。背後の席にすわる入植者のひとりが悲鳴をあげたが、これは予想の範囲内だ。噴射と同時にからだを強烈に座面へ押しつけられれば、悲鳴のひとつも出るだろう。わたし自身は、これまでに何度も経験してきたことなので、腹部の筋肉に力をこめ、頭部の血が下がらないように努めた。噴射口が真下を向くよう、慎重に船体の姿勢を制御する。あとはひたすら降下するのみ。

いま、火星の大地は真下にあり、前部窓の外には地平線が見えている。ガラス窓の外を舐めているのはプラズマの舌だ。地平線と高度計を交互に見ながら、わたしはいった。

「スロットルを絞る」

隣席のレナードがうなずき、いった。

「高度一五〇〇メートル。速度三〇・五メートル毎秒」

頭の中で計算しかけたものの、即座にコントロールパネルへと注意を戻した。この船でわたしがする仕事はただひとつ。それは計算ではない。この日、火星に着陸することだ。

「高度九一四、速度二一・三」

背後でヘレンがいった。

「高度と速度を確認。着陸を許可する」

安堵した。この段階で着陸を中止すれば、だれにとってもめんどうなことになるからだ。そもそも、中止が可能かどうかもわからない。わたしはいったん大きくスロットルを開き、エンジン出力をあげ、降下速度を落とした。高度三〇五メートルで、赤錆色をした火星の大地上に、銀色を帯びてきらめくドームが見えてきた。ブラッドベリ基地だ。

降下コースを正常にたどれている。ありがたい。以後は前部窓の内側に記された十字線の中心に基地がくるよう心がけた。地平線はもう丸みを帯びてはいない。着陸船は大幅に速度を落としている。目標に着陸しそこねるほどの高速はもう出ていない。

「二二九メートル。七・六メートル毎秒で降下中」

まだすこし速すぎる。さらにスロットルを開いた。下方では地形が質感を持ちはじめ、ごつごつした岩山やなめらかな砂丘が識別できるようになってきた。地表でブラッドベリ基地の通信タワーが差し招いている。発着場は砂塵に隠れて見えないが、発着場がいつもはっきり見えていると期待するのはすこし虫がよすぎるだろう。

さまざまな地形が眼下をすべっていった。その地形の上を、黒いものが走っているのが見えた。旧友にめぐりあえた気分で、わたしは相好を崩した。

「船体の影が見えたわ」

「三〇・五メートル、降下速度〇・九メートル毎秒、三毎秒で前進中」

わたしは唇を湿らせ、発着場があるはずの場所に向かって船を誘導した。前部窓の下のほうでは黄土色の砂塵が渦巻いている。まるで火星が上に手を伸ばし、あいさつしているかのようだ。

「一二・二メートル、〇・七三毎秒。噴射が砂塵を吹きはらっている」レナードの声は、日々降下をくりかえしているかのように冷静そのものだった。「発着場が見えた」

たしかに、見えた。着陸船の噴射が砂塵を吹きはらい、美しい四角形の発着場を露出させている。ただしその色は、火星地表の他の部分と同じく、赤い。わたしはスロットルを絞り、船体を――

着陸――

させた。

着陸船の脚部がバウンドし、かかっていたGの強さが変わった。ついで、コントロールパネルでひとつのランプが灯った。一見、どこか問題が発生したように見える。

「接地灯、点灯」レナードが報告した。

「シャットダウン」操縦桿から両手を離し、ニュートラル状態にする。とめていた呼吸がようやくできるようになってきた。ほかに四つ、コントロールパネルのスイッチを切り、そこでやっと、この甘美なことばを口にすることができた。「エンジンを停止した」

まだチェックリスト一式をこなさなくてはならない。それでも、わたしたちはみな生き延びた。生きて火星に着陸した。うしろでは乗客たちが口々に喜びの叫びをあげている。そのなかでも、ひときわはっきりと聞こえるのは、ナサニエルのことばだ。

「汝に讃えあれ《バルーフ・アタ・アドナイ》、われらが神よ《エロヘイヌ》……」

〝不届きなユダヤ人〟をしてこういわしめるほどの経験だったのだろう、これは。

顔をほころばせつつ、たっぷり一秒間、前部窓の外を眺めやり、くすんだオレンジ色の空の下、地吹雪のような砂塵を見つめた。そこでやっと、職務に戻った。マイクのトグル・スイッチをオンにし、母船に報告したのだ。

「〈ゴダード〉、こちらブラッドベリ基地。〈エスター〉は舞いおりた」

「おめでとう、ブラッドベリ」ハリム・マルーフの声からは、満面の笑みを浮かべた顔が目に見えるようだった。「完璧な着陸だった」

「ありがとう」自分でもそう思う。「ぶじに着陸できてよかった」

報告をすませ、ストラップをはずしにかかる。顔が痛い。馬鹿みたいに笑み崩れているからだろう。

火星。

わたしは火星に着陸したのだ。

すでに席を立っていたレナードが、わたしの肩をぽんとたたいた。

「みごとだったよ、エルマ」

「ありがとう」

わたしは身をひねり、椅子から立ちあがった。火星スーツのせいで動きがぎこちない。見ると、まだ座席にすわっているヘレンが、片手をストラップのバックルにかけたまま前に身を乗りだしていた。口を半開きにして、前部窓の外を見つめている。そばに立ったわたしの前で、ヘレンは左右に首をふり、涙をこらえた。が、わたしに見られていることに気づくや、気はずかしそうに肩をすくめ、計算用のバインダーをぽんぽんとたたいた。

「なにしろ、ほら、降下中、ずっと手元を見てたものだから」

わたしは腰をかがめ、すわっているヘレンを抱きしめた。

「時間はたっぷりとあるわ。ミッション管制センターは、景色に見とれる時間を一五分もとってくれたから」

〝一五分でキスをして……〟ふと、『六〇分の男《シックスティ・ミニット・マン》』の一節が浮かんできた。いままでもやっぱり、あの歌は好きになれないが、この状況を的確に示唆してはいる。

わたしは船の後部に向かった。乗客席では入植者たちが各自のカウチから立ちあがり、それぞれにすべき仕事をチェックしはじめている。通路を進んでいくと、まだ席についたままのナサニエルが顔をあげた。すでにヘルメットを取りだして両手にかかえ、ひざ上に載せている。

ナサニエルの笑顔には、ひとつの惑星全体を活気づけるだけのパワーがあった。いまこのとき、火星には二〇人の人間しかいないのだが、それはそれとしてだ。

「すばらしいフライトだったよ、ヨーク博士」

「どういたしまして、ヨーク博士。ただね、それをかぶる前に……」

わたしは夫の手首を押さえ、ヘルメットをひざに載せたままにさせると、腰をかがめてキスをした。

正直にいおう。たとえ火星じゅうの全員に見られていてもかまいはしない。

着陸船に乗っている夫婦はわたしたちだけではなく、わたしたちのキスが口火となって、ほかの入植者たちもあちこちでキスをしだした。ヘレンとレナールも熱々のところを見せつけている。ミッション管制センターがこの一五分をキスする時間に当てたのかどうかは定かではないが、たぶん、想定してはいただろう。なにしろ、何億キロもの宇宙空間を旅して、はるばる火星までやってきたのだ。せめて一五分くらい、人間らしいひとときを取りもどす時間が必要なことはわかっているにちがいない。

やがて一五分が過ぎ、わたしたちは全員、プロフェッショナルとしてすべきことを再開した。迅速に着陸船を固定し、荷下ろしの準備を行ない、全員がヘルメットを着用して、火星スーツの気密状態をトリプルチェックする。

ここで出入口のそばに立ったレナードが、ハッチのロックを解除した。そして、一同に顔を向け、

「レディス・アンド・ジェントルメン……ブラッドベリ基地へようこそ」

というと、ハッチを開放した。

黄色を帯びた砂塵をともない、火星の微風が吹きこんできた。ああ、この風のにおいを嗅げたらどんなにかいいだろう。わたしはナサニエルのグラヴを自分のグラヴでつかみ、ぎゅっと握りしめた。

ナサニエルが身をかがめてきて、たがいのヘルメット同士がくっついた。マイクをオフにしているから、夫のことばを聞けるのはわたしだけだ。

その状態で、ナサニエルはいった。

「ぼくのスーツ、一部が急に窮屈になっちゃってる。あとでなんとかしてもらえるかな」

これを聞いたとたん、火星スーツの温度調節機能がダウンしたらしく、からだがかっと

火照った。

「その問題を解決するためなら、できるかぎりのことをさせてもらうわ、科学者としてはもちろんのこと、妻としてもね」

「エルマ？」レナードがハッチのところから手招きした。「真っ先に降りたいかい？」

「まあ――」ナサニエルの……トラブル、の件で、まだ頬が赤い。「でも、ミッション・コマンダーはあなたなんだから」

レナードはウインクをしてみせた。

「第一次火星探険隊のときに、ぼくはもう経験ずみだ。しかもきみは、〈火星のレディ・アストロノート〉じゃないか」

にじむ涙をまばたきで絞りだし――重力が小さいとはいえ、涙滴に頬を流れ落ちさせるだけの強さはある――わたしはハッチを通りぬけ、昇降梯子の最上段でバランスをとった。

火星。

視界のおよぶかぎりどこまでも、砂礫だらけの火星の大地が起伏している。

色はくすんだサーモン・ピンクに黄土色、そしてピンク――ところどころ、紫がかった濃い青の部分も見える。

梯子を三段降りた。さらに右足を降ろすと、そこはもう火星の大地だ。

両足でしっかり、火星の土を踏みしめる。わたしはいま、火星にいる――。

火星にいるんだ。

だが、火星に降りたいと逸《はや》る人たちはほかに何人もいた。わたしは降りる場所をあけるため、昇降梯子から離れた。すり足ぎみになったのは、つい月面を歩くつもりで足を踏みだしたからである。だが、火星の重力は倍は大きい。それに、薄いとはいえ、大気もあり、一歩ごとに舞いあがる砂塵が空気につかまって、しばし空中をただよいつづける。これが月面なら、摩擦のない真空におおわれているから、足が蹴りあげた砂塵は、たちまち弧を描いて月面に落ちてしまうところだ。

できれば、ぼーっとその場に立ちつくし、火星の景観を眺めていたい気分ではあった。

だが、わたしにはするべき仕事がある。

それも、この火星の上で。

わたしは着陸船の船腹に向きなおった。荷物室はそこに設けてある。レナードもやってきたので、ふたりして荷物ハッチの開放に取りかかった。梱包された荷物の箱をかかえてブラッドベリ基地へ歩いていたナサニエルが、わたしを見て手をふってきた。この午後、ナサニエルの顔を見るのは、これが最後の機会になるかもしれない。

宇宙はとてもすばらしいところです――テレビやラジオでは、わたしはいつもそう語る。

しかし、本音をいえば、わたしたちが宇宙ですることの大半は清掃であり、メンテナンスばかりだ。きょうはそれを、この火星で行なう。

火星で行なう作業は数多い。運搬してきた物資の搬出。さまざまな機材をストラップで固定すること。四年間、休眠状態にあった基地を目覚めさせること。

太陽が地平線に忍びよるなかで、わたしたちは最後の荷物をブラッドベリ基地の小さなドームに運びこんだ。ナサニエルのチームは基地拡張の青写真とプランを携えてきている。こぢんまりとして居心地はいいが、いまは二〇人が居住するのにぎりぎりの広さしかない。したがって、当面の目標は、〈ゴダード〉に残る入植者が火星に降下し、合流できるよう、第二の居住施設を建設することにある。

わたしの仕事は、今回のチームを火星の地表に送りとどけることだった。あすになれば、ナサニエルたちは精力的に仕事を開始する。今夜はたがいの仕事が凪《なぎ》を迎える千載一遇の機会といえた。

わたしは〈エスター〉に乗りこみ、すべてきちんとロックされていることをたしかめた。無人となった着陸船は、ひっそりとわたしを包みこんでいる。〈エスター〉は今回が初飛行だが、これからすくなくとも五回、入植者をここへ送りとどけるため、地表と母船とを往還することになる。わたしはパイロット席に手を這わせた。感傷的な笑みがひとりでに浮かんできた。

エスターおばさんにおやすみをいうかのように、ぽんぽんとパイロット席を軽くたたき、やおらハッチに向かう。

戸口に出ると、ひとりの宇宙飛行士が火星の大地に立ち、わたしを待っていた。太陽はもう地平線の向こうへ沈んでいて、その人物の顔は見えない。それでも、立ち姿だけで、それがナサニエルだとわかった。

逸る気持ちをこらえて、手順にのっとり、しっかりと時間をかけてハッチをロックする。ハンドルを五回ずつまわし、一五あるラッチをすべてかけた。ついで差圧計の表示を待ち、気密状態が完全に保たれていることを確認した。昇降梯子を三段降り、あらためて火星の大地を踏みしめたのは、それからのことである。

火星。

いつの日か、自分がここにいることを驚異に感じていない自分に気づくだろう。しかしそれは、きょうではない。わたしはいま、火星にいる。

いや——わたしたちは、というべきか。ナサニエルが両手を差しのべてきた。わたしはまだ笑み崩れたまま、その手をとり、キスしようとするかのように顔を近づけたが、たがいのヘルメットがぶつかるだけの結果におわった。

その状態で、わたしはいった。

「愛してる」

たしかに、スーツの無線を使って夫への愛を伝えることはできる。ただし、その場合、聞き耳を立てている者に残らず会話を聞かれてしまう。

「ぼくもだよ、愛してる」ナサニエルの頬には涙が筋を引いていた。「ところで――暗くなってから地平線を見たかい？」

「ううん、まだ――」

いわれてはじめて地平線に顔をあげ……わたしはことばを失った。

星々。

火星の起伏する地平線の上には夜空が広がり、星々がまたたいていた。

宇宙空間で見たときほど鮮明ではなく、明るく燃えてもいない。またたいて見えるのは大気のせいだ。青に赤、銀に金――多彩な星々が、深い紫色の夜空を背景に舞っている。そうやって舞う星々のただなかに弧を描き、ひときわまばゆく輝く光点がよぎっていった。あれは〈ゴダード〉の反射光だ。

「ああ、神さま、なんて美しい。星空を見るのは……」

そう、惑星の地表から星空を見るのは、一九五二年三月三日以来のことだ。

星々がふたたび姿を見せたときどこにいたのか、あなたは憶えているだろうか。
わたしは夫とともに、火星にいた。

謝辞

なにはともあれ、父母に感謝を捧げる。〝一九六九年に人類が月に第一歩を記す瞬間を見た〟といえるのは、父母がわたしを起こし、テレビの前まで連れていってくれたおかげなのだから。当時のわたしは生後六ヵ月。当然、その瞬間を見た記憶はない。それでも、〝その瞬間を見た〟という叙述上の事実は、物心ついて以来、両親から何度も聞かされてきた。宇宙と宇宙旅行に愛が芽生えたきっかけはそれだったと思う。

その後も当時の映像をいろいろ見た。スペースシャトルの打ち上げもこの目で見ている。機会があるたびにＮＡＳＡを訪ねてもきたから、ここでＮＡＳＡとＮＡＳＡで働くすべての人に謝意を表明しなければ怠慢の誹《そし》りをまぬがれないだろう。わたしがＮＡＳＡで話を聞けたのは、ハッシュタグ＃ＮＡＳＡｓｏｃｉａｌを駆使する広報担当者、宇宙服技術者、宇宙飛行士、主計官にいたるまで、最高の人ばかりだった。その全員が、世界でもっともクールな仕事のひとつについていることを自覚し、世の人とその驚異を分かち合うことに興奮しているように見えた。とくにお礼申しあげたいのが、ベンジャミン・ヒューイット、トム・マーシュバーン、チェル・リンドグレン、無重量環境訓練施設《ニュートラル・ボイアンシー・ラボラトリー》（NBL）の諸氏である。彼らは本書の細部にいろいろと協力してくれた。

ロビン・ファーガスンは火星の地表を研究している科学者で、火星探査機フェニックス、火星探査車マーズ・エクスプロレーション・ローヴァー（二台）、マーズ・サイエンス・ラボラトリーの探査車キュリオシティ、火星探査機インサイト、マーズ2020の探査車（訳注　パーサヴィアランスとヘリコプターのインジェニュイティのこと。本書の刊行は二〇一八年）の着陸場所選定に寄与した人物である。彼女のデータセットと解釈は火星の着陸場所を確定するために不可欠だった。そのうえ彼女は、エルマとそのチームが火星に着陸するにあたり、いろいろ助言をしてくれた。火星で水を発見する方法について有用な情報を提供し、レナードがよりよい手段を見いだすヒントを与えてくれたのも彼女である。

デリク・〝ウィザード〟・ベンコスキーは、わたしのキャラクターたちに空軍軍人としての筋を一本通してくれた。彼は戦闘機のパイロットであり、その名をいただいたキャラクターおよびパーカーの人物像を築くうえでさまざまな洞察を与えてくれている。

スティーヴン・グラネイドは本物のロケット科学者である。宇宙の航行にかかわる科学をできるだけ正確に補整してくれたほか、しばしば軌道力学に関連して、ワードゲームの

〈マッド・リブス〉よろしく、わたしがあけておいた空白部分を指定にしたがって埋めてくれた。たとえば彼にこんな文章を送ったとする。

「アルカイドとスピカの位置をつきとめたあとは、六分儀の向きを下方の地球に向ければ、さあ仕上げをごろうじろ、位置／速度ベクトルを確認するのに必要な座標がわかるという寸法だ。［このあとに専門用語を］」

　すると彼が、こう返してくる。

「このさいエルマには、アポロ宇宙船の宇宙飛行士たちが用いた方式を流用して、位置／速度ベクトルを表現させてはどうかな。その場合、小数点も単位も使わない。具体的には、〝プラス〇七七一一四五、プラス二〇八五三四六、マイナス〇一一六一六七、マイナス一五一一五、プラス〇四五一四、マイナス一九五八七〟といったぐあいだ」

　念のために付言すると、右の数値のうち、最初の三要素はx、y、z方向の位置成分で単位はフィート。後半の三要素はx、y、z方向の速度成分で小数点以下五位までの数値であり、単位はフィート毎秒だ。これらが表わしているものは、わたしが右の質問をした当日の、M50座標系（一九五〇年の平均赤道座標系）における、国際宇宙ステーション《ISS》の位置／速度デカルト・ベクトルである。

　シェイナ・ギフォードは航空医官であり、擬似的火星環境での居住実験施設で一年間を過ごした人物だ。彼女からは、同環境で病気が発生した場合の状況に関し、きわめて興味深い詳細をたっぷりの実例とともに教えてもらった。宙にぷかぷか浮かぶ大量の汚物球をリアルに描けたのは彼女のおかげである。この場合に、〝おかげ〟という表現は適切ではないかもしれないが……。彼女はさらに、〝火星〟における生活もくわしく教えてくれた。レーズン・ワイン作り実験や、二〇分の通信時間遅延で議論するのがどんなものかなどは、彼女の話からおおいに盗用させてもらっている。

チェル・リンドグレンは、わたしのためにNBLのプールで宇宙遊泳訓練の一部始終を見学する手配をしてくれたほか、キャサリン・コールマンとともに、NBLプールの場面や宇宙遊泳の場面を劇的かつリアルなものに仕立ててくれた。ふたりはどちらも宇宙飛行士。ごぞんじのとおり、クールな職業だ。チェルはISSで現実にアンモニア冷却システムの修理を行なったことがある。本書の執筆中、彼に会う以前の時点で、わたしはその動画を視聴していたのだが、やはり動画で見るのと当事者から実地に話を聞くのとでは大ちがい。彼がいなかったなら、内圧のかかった冷媒管が固くなることも、宇宙空間ではテザーがぴんと張ることも知りえなかっただろう。いっぽうキャサリンは、自分より体格の大きな人間用に造られた宇宙服を着た場合、空気の層が腹部側で厚くなり、それを放置しておくと水中での動きに支障が出ることを教えてくれた。多大な時間を割き、無限の忍耐を持ってレクチャーをしてくれたふたりには感謝のことばもない。宇宙遊泳にかかわるクールな部分はふたりの業績。ミスはすべてわたしの責任である。

宇宙服デザイナーでもあるカーリー・ラヴは、宇宙服の構造についていくつかのミスを指摘し、宇宙服造りに関するさまざまな知見を与えてくれた。ざっくりいうと、宇宙服の設計は過去の事故に大きく影響される。そのため、アメリカの宇宙服は難燃性を重視する傾向が強いのに対して、ロシアの宇宙服はパンクを避けることに主眼が置かれるという。

ポルトガル語では、アモレーナ・ノブリス、およびロビン&エリック・クウェイケンブッシュのご教示を得た。また、台湾の諸事情に関しては、ユン・チウ・ワンとヴィッキー・シュー（および彼女のご両親）にお教えをいただいた。実弟のスティーヴン・K・ハリスン博士には——どちらかというと、いつものように〈猿　面《エイプフェイス》〉と呼びたいところだが——〈巨大隕石〉落下後に世界が変貌していく過程について助言を受けている。

チェイニー・ベックマンからは、宇宙でのユダヤ教や過越《すぎこ》しの祭《まつり》の祝い方についていろいろと教えていただいた。さらに彼女は、本シリーズのオーディオ・ブック製作にあたり、ヘブライ語、イディッシュ語、アラム語の発音についてもおおいに協力してくれている。

わたしとともにポッドキャスト・サイト〈もの書きの弁明《ライティング・エクスキューセズ》〉を運営している作家仲間、ブランドン・サンダースン、ダン・ウェルズ、ハワード・テイラーの協力ぶりも、驚嘆の一語につきる。アシスタントのアリションドラ・ミーチャムは、NASAの太陽系大使も務めており、膨大な量のエラーを拾いだしてくれた。全体の構成にかかわる助言を通じて、本シリーズをずっとよいものにしてくれたのは、編集者のリズ・ゴリンスキーとわたしのエージェント、ジェニファー・ジャクスンである。

草稿を読んで助言をくださった以下の方々にもお礼を申しあげたい。アリションドラ・ミーチャム、キャサリン・ブレナン、チェイニー・ベックマン、デリク・ベンコスキー、キアー・サーマン、スティーヴン・グラネイド、トレイシー・V・ウィルスン。

なにより、皿洗いをし、カクテルを作ってくれるばかりか、わたしが旅に出るときには、諸々の進行がスムーズにいくよう配慮してくれる夫ロバートに、心からの謝意を捧げたい。

歴史ノート

本シリーズでは、実在の歴史をずいぶん借用させてもらっている。一九六三年に人類が火星に行く物語となると、借用などはむりだろうと思われるかもしれない。が、しかし。ソヴィエト連邦がマルス２ＭＶ－３No.１火星探査機を載せたロケットを打ち上げたのは、一九六二年である。ロケット打ち上げは失敗し、火星探査機は地球低軌道に乗ったものの、最終的に軌道周回能力を失って地球に落下した。とはいえ、現実の世界でも、当時すでに火星探査機を送りだすだけのテクノロジーはあったのである。

エルマが冒頭で着陸機《ランダー》火星着陸成功の報を聞くシーンは、バイキング１号に範をとっている。同探査機が打ち上げられたのは、一九七五年のことだった。マルス２ＭＶ－３No.１打ち上げからバイキング１号打ち上げまでの一三年間には、ほかに何度も火星探査機を送りだす試みがなされており、その多くは爆発の末路を迎えている。わたしの並行歴史でなにより不自然なのはこの部分だろう。失敗はもっともっと多かったはずだ。重力井戸から脱けだすのは、はなはだ困難なのである。

本書では、アポロ時代の別個のミッションで交わされた交信記録を随所で参考にさせてもらっている。〝参考に〟というのは、たとえば、第一次火星探険隊が地球圏を出発する場面では、アポロ8号の交信記録を――若干の修正を加えて――ほぼそのまま流用したという意味だ。正直にいうと、〝プラスy、プラスz方向〟などの意味にはどうにも判然としない部分がある。それもあって、当該部分の原稿をふたりの戦闘機パイロット、数人のロケット科学者、ふたりの宇宙飛行士に見てもらい、おかしなところはないかとたずねたところ……膨大な量の意見メモがついて返ってきたのだった。

ところで、〝宇宙食にドッグフードを〟という話は実話で、これを提唱した栄養学者はほんとうに獣医だった。

それから、これまた〝身の毛のよだつ実話〟に類する話だが、エルマとカムがルビーを入れて振った〝収容袋〟は、ほんとうに開発が進んでいる。もっとも、この現代世界では、袋を振るのはロボット・アームになる予定だが。

〈ニーニャ〉のクルーが演じる『フラッシュ・ゴードン』のエピソードは、本物のパイロット版エピソードを流用したものである。以前、ラジオドラマの現場に携わっていたことがあるが、あの爆発音のテクニック――風船に米を入れて振るテクニックは、じっさいに用いられていたものであり、効果絶大。あれは楽しかった！

ジャック・パー時代の『ザ・トゥナイト・ショー』は、いまとはずいぶん趣《おもむき》が異なる。当時のセットは『モッズ特捜隊』っぽい雰囲気をただよわせていて、ゴーゴーブーツを履いたボンドガールが出てきてもおかしくない感じだった。興味がある人は、ユーチューブにいって、Jack Paar Tonight Show で検索をかけ、ジュディ・ガーランドの出演回を見てみるといい。

二一世紀のいまでは、ワクチンが登場するまでポリオが猛威をふるっていたことをついつい忘れてしまいがちだ。世界保健機関の推定では、現在、この病気にかかって助かったポリオ・サバイバーは、全世界で一〇〇〇万人～二〇〇〇万人。一九八八年でもポリオの年間新規患者は三五万人を数えていた。それが二〇一六年の時点では、わずか三七人まで減っている。ワクチンの予防効果は絶大で、この病気の根絶ももはや視野に入っている。しかし、本シリーズで描かれる時代――一九五〇年代から六〇年代にかけては、ポリオはけっして珍しくはなく、しかも恐ろしい病気だった。ポリオに有効な治療法はない。最良の対策は、症状を見きわめることにある。ポリオの症状には個人差があり、人によっては軽い風邪程度ですむ場合もあるが、その対極にあるのが、麻痺で呼吸ができなくなって、鉄の肺に入らざるをえなくなるケースだ。アポロ時代からこちら、ずっと鉄の肺に入り、いまも生存している人は、ごく少数しかいない。この装置は、首から下をすっぽりおおう気密タンクで、タンク内を陰圧にすると胸郭が広がって肺に空気が送られ、そこで平圧に戻すと胸郭が通常の大きさに縮むため、肺の空気が排出される。これをくりかえすことで呼吸を可能にするのである。装置の部品は、いまはもう手に入らない。ユーチューブでiron lung interview 1956（一九五六年の、鉄の肺使用者インタビュー）を検索すると、ポリオにかかった主婦ベティ・グラントのインタビューが見つかるだろう。

　チャールストンのユダヤ人入植地は、北アメリカで最古のユダヤ人入植地のひとつだ。初期のユダヤ人入植者は、スペインの宗教弾圧を逃れてロンドンやオランダへと移住し、そこから合衆国へ移民した者が大半を占めていた。チャールストンがとくに人気を集めた理由は、カロライナ植民地の一六六九年憲章で、〝ユダヤ人、異教徒、プロテスタント〟を尊重する自由が謳われたからである。はじめてアメリカの公職に選出されたユダヤ人は、チャールストン在住のフランシス・サルヴァドーア。一七七四年と一七七五年に、植民地議会の議員に選ばれた彼は、一七七六年、アメリカ独立戦争で死ぬまでその職にあった。チャールストンは一八〇〇年代なかばまで、最大のユダヤ人口を持つ都市でありつづけている。エルマの一族は一七八〇年代、ドイツから北方系ユダヤ人《アシュケナージ》として移民してきたのだろう。

これにまつわる過程ではなはだ興味深いことのひとつは、伝統的な南部料理と伝統的なユダヤ料理の混淆《こんこう》である。推薦図書として、ここではマーシー・コーエン・フェリス著の料理書『マッツォ・ボール・ガンボ――南部ユダヤ料理の物語』*Matzoh Ball Gumbo: Culinary Tales of the Jewish South* をあげておこう（訳注　マッツォ・ボールは粗挽き小麦粉の団子、ガンボはオクラ入りのシチュー）。この本に書いてあるサワークリーム・パウンドケーキのレシピこそ、エルマが宇宙船内で作ろうとして材料が足りないからと工夫する場面のもので、母のそれとまったく同じ構成である。わたしのウェブサイトを訪ねてくれれば、レシピがあなたを待っている。mom's pound cake recipe で検索してみてほしい。

エルマがイディッシュ語をちゃんとはしゃべれないというのは、家庭の中だけで用いることばだからと、へりくだってそういっているだけで、じっさいには流暢にしゃべれる。作品中、ほかのキャラクターがしゃべる外国語はイタリック表記なのに、エルマのしゃべるイディッシュ語をイタリック表記していない理由はそこにある（訳注　翻訳では外国語の書体を変えていません）。それはエルマにとって心の言語であり、英語に劣らず深く馴じんだことばなのである。もっとも、二カ国語をあやつりはするが、いっぽうの言語は家庭内専用で、家の外では話さない人の多くがそうであるように、エルマの使う構文や語彙《ごい》は子供時代のものだ。エルマのこうした言語文化の面は、チャタヌーガ出身の友人をモデルにさせてもらった。彼女の祖父母が家の中で話すイディッシュ語には、南部訛《なま》りがあるという。

各章冒頭にある新聞記事の大半は、実在の記事をベースにしている。日付も大本の新聞そのままのものが多い。〈巨大隕石〉落下に合わせて若干の加工は施したが、数々の暴動、暴風雨、社会問題の内容自体は当時の記述から変えていない。ただし、ひとつ明確に変更したことがある。マーティン・ルーサー・キング・ジュニア博士のノーベル賞受賞時期だ。現実の時間線では、彼が受賞するのは一九六四年のこと。これを二年早めた理由は、彼の主導するワシントン大行進が、〈巨大隕石〉落下により、本シリーズではカンザスシティ大行進となって、その時期が二年早まったからである。どちらの時間線でも受賞の理由は変わらない。レイシズムに対する非暴力主義運動を評価されての受賞だった。

ある時代の雰囲気を出そうとすることは、なかなかにやりがいのある仕事ではあるが、当時のさまざまな問題を強調する危険をもはらむ。今回、それを体現したのはカム・シャモウンである。トランスジェンダーの団体が現われはじめたのは、一九五〇年代から一九六〇年代にかけてのことだった。一九五九年五月の〈クーパー・ドーナツ〉暴動は、合衆国で最初期のＬＧＢＴによる抗議活動のひとつだ。カムも時代のこの流れを知ってはいたはずだが……軍人であり、宇宙に出たい思いもあったので、カミングアウトはしていない。もしも彼がトランスジェンダーであることをカミングアウトしていたなら、宇宙への夢は実現できなかったろう。エルマとの会話だけでは、彼がトランスジェンダーであることはわからない。ミッションのだれとの会話でもそれは同様だ。そのように書いてある。だが、この歴史ノートはエルマの視点を通しているわけではないので、カムのことを適切に彼と呼べる。それはみなさんも同様である。

最後はミルタウンの話で締めくくりたい。この薬品の登場は一九五五年。アメリカ史上初の広く一般に使われた向精神薬だった。合衆国内にかぎって見れば、一九五七年に発行された処方箋は三六〇〇万件を越えたが、そのうちの三分の一はミルタウンの処方が占めている。〝奇跡的な効き目を持つ〟副作用の弱い精神安定剤というのが、この薬品の売り文句だった。一九六〇年には、二〇人にひとりのアメリカ人がミルタウンを服用している。アメリカ人が心の不安を語り、それを薬で治す意識を持ったのは、この薬がきっかけだといえる。ミルタウンについて、もっとくわしく知りたい向きには、アンドレア・トーン著『不安の時代――アメリカの精神安定剤騒動の歴史』*The Age of Anxiety: A History of* ***America's Turbulent Affair with Tranquilizers*** をお勧めしておこう。

なお、これは付言しておきたい。エルマが『宇宙《そら》へ』の中で精神科医と交わす会話は、わたしが鬱病の相談で訪ねたかかりつけ医との会話そのままである。なぜ訪ねたのかといえば、書物で見る鬱病の症状や、友人たちが話す鬱病の症状に、自分もあてはまることに気づきはじめたからだ。エルマがかかえる社交不安障害は、わたし自身にはないが、これで苦しんでいる友人はおおぜいいる。もしもあなたにエルマに見られる徴候があり、だれにもそのことを話していないのなら、どうか打ち明けてほしい。そして、助けを求めてほしい。自力で不安の重力井戸から脱けだすのは、はなはだ困難なのである。

参考文献

・Chaikin, Andrew. *A Man on the Moon: The Voyages of the Apollo Astronauts*. Penguin Books, 2007.［アンドルー・チェイキン『人類、月に立つ』（上・下）亀井よし子訳、日本放送出版協会、一九九九年］

・Collins, Michael. *Carrying the Fire: An Astronaut's Journeys*. Farrar, Straus and Giroux, 2009.

・Hadfield, Chris. *An Astronaut's Guide to Life on Earth: What Going to Space Taught Me About Ingenuity, Determination, and Being Prepared for Anything*. Back Bay Books, 2015.［クリス・ハドフィールド『宇宙飛行士が教える地球の歩き方』千葉敏生訳、早川書房、二〇一五年］

・Hardesty, Von. *Black Wings: Courageous Stories of African Americans in Aviation and Space History*. Smithsonian, 2008.

・Holt, Nathalia. *Rise of the Rocket Girls: The Women Who Propelled Us, from Missiles to the Moon to Mars*. Back Bay Books, 2017.［ナタリア・ホルト『ロケットガールの誕生――コンピューターになった女性たち』秋山文野訳、地人書館、二〇一八年］

・Nolen, Stephanie. *Promised the Moon: The Untold Story of the First Women in the Space Race*. Basic Books, 2004.

・Roach, Mary. *Packing for Mars: The Curious Science of Life in the Void*. W. W. Norton & Company, 2010.［メアリー・ローチ『わたしを宇宙に連れてって――無重力生活への挑戦』池田真紀子訳、ＮＨＫ出版、二〇一一年］

・Scott, David Meerman and Jurek, Richard. *Marketing the Moon: The Selling of the Apollo Lunar Program*. The MIT Press, 2014.［デイヴィッド・ミーアマン・スコット＆リチャード・ジュレック『月をマーケティングする――アポロ計画と史上最大の広報作戦』関根光宏・波多野理彩子訳、日経ＢＰ社、二〇一四年］

・Shetterly, Margot Lee. *Hidden Figures: The American Dream and the Untold Story of the Black Women Mathematicians Who Helped Win the Space Race*. William Morrow Paperbacks, 2016.［マーゴット・リー・シェタリー『ドリーム――ＮＡＳＡを支えた名もなき計算手たち』山北めぐみ訳、ハーパーコリンズ・ジャパン、二〇一七年］

• Sobel, Dava. *The Glass Universe: How the Ladies of the Harvard Observatory Took the Measure of the Stars.* Penguin Books, 2017.

• Teitel, Amy Shira. *Breaking the Chains of Gravity: The Story of Spaceflight before NASA.* Bloomsbury Sigma, 2015.

• von Braun, Dr. Wernher. *Project MARS: A Technical Tale.* Collector's Guide Publishing, Inc., 2006.

訳者付記

本書の翻訳にあたっては左記の方々に懇切なお教えをいただきました。マイクル・アシュケナージさん（ヘブライ語、イディッシュ語、アラム語）、上池利文さん（フランス語）、山藤顕さん（アフリカーンス語）、永武ひかるさん（スペイン語、ポルトガル語）、林哲矢さん（航空宇宙）。この場を借りて厚くお礼申しあげます。

ただし、疑問点は部分的にピックアップしてご教示を仰いだもので、内容にあやまちがあった場合、責任はすべて訳者にあります。

解説

英米SF紹介者
鳴庭真人

本書は『宇宙《そら》へ』に続くメアリ・ロビネット・コワルの改変歴史SFシリーズ〈レディ・アストロノート〉の長篇第二作 *The Fated Sky* の翻訳である。

物語の始まりは『宇宙《そら》へ』のラストで主人公エルマ・ヨークが月に出発してから三年後の一九六一年。月面には恒久的なコロニーが建設され、機は熟したとみた国際航空宇宙機構はついに念願の有人火星ミッションに乗り出す。しかし、〈巨大隕石〉の落下が引き起こした気候変動は次第に顕著となり、さらにそこへ宇宙開発に反対する過激派グループの活動、政府の宇宙開発への予算削減が追い討ちをかける。いったんは引退も考えたエルマだったが、人々の宇宙開発への関心をつなぎ止めるため、そして未知の世界への飽くなき挑戦のため、火星探険隊の一員に加わることを決意する。だが、「広告塔」としてのエルマの存在はメンバー間の軋轢《あつれき》を生み、エルマはチーム内で孤立したまま火星への出発の日を迎える。

前作『宇宙《そら》へ』では現実のマーキュリー計画からアポロ計画を早回しでなぞるような展開だったが、本書ではついに現実を飛び越え、一九六〇年代にして火星への有人探査が実現する。人間の計算者とパンチカード式計算機による火星旅行とは、はたしてどのようなものになるのか？　そういった点も含めて、本書は前作以上に宇宙ＳＦ・ハードＳＦとしての側面が強くなっている。綿密なリサーチに基づく各章見出しの新聞記事や各種専門用語などにも、作者の作中世界に対する強いこだわりを感じる。

そしてまた、優れた宇宙ＳＦは自然の冷徹さと対比する形で人間の心のひだをも描き出す。これまで幾多の困難を乗り越えてきたエルマだが、その傍らにはつねに優しく理解のある夫や、優秀で心の通じ合った同僚や友人たちがいた。しかし火星への旅路では、彼ら彼女らを数千万キロメートルの彼方に残して、必ずしも友好的でないクルーたちと付き合っていかなければならない。その過程でエルマがいかに自分という人間を見つめ直し奮起していくのか、さらには火星探険隊のリーダーであり、彼女にとって不倶戴天の敵でもあるステットスン・パーカー大佐といかに対峙していくのか、そのあたりのドラマも読みどころだ。

なお、作者によれば『宇宙《そら》へ』と本書はシリーズの一部ではあるが連続する作品として構想したということなので、本書読了後に改めて『宇宙《そら》へ』に目を通してみると新たな発見があることだろう。

さて筆者の見るところ、この〈レディ・アストロノート〉シリーズ最大の特色は「地球の滅亡に際した人類の別惑星移住」というスケールの大きな黄金時代のアメリカＳＦ――ここでは一九四〇年代～五〇年代のＳＦを指している――の枠組に、現代的な視点を盛り込んだところにある。黄金時代のＳＦへのリスペクトはレイ・ブラッドベリ『火星年代記』に登場する宇宙飛行士ナサニエル・ヨークの名前が引用されていることからも明らかだろう（なお、本書にも同時代のＳＦ小説が何冊か登場する）。さらにそこへ、ジェンダー、人種、社交不安症、身体障害、その他クィアや環境問題といった現代的な視点がふんだんに取り入れられており、それによって読者は重層的な読書体験を味わう。ただ誤解してはいけないのは、作者がこうしたテーマを作中で解決したり、ましてや痛快に一蹴してしまえる問題として扱っているわけではないということだ。エルマは女性宇宙飛行士の扉を開き、後進の道を開きはするものの、それによって構造的な女性格差が消え去ったわけではない。エルマが善意から人種差別に口出しすることは、有名人で統括エンジニアの妻という彼女の特権性ゆえに当事者を苛立たせる。それでも作者は、インタビューでの本人の言葉を借りれば「見なかったことにはせず」、さりげない細部に紛れ込ませるという形で描いている。これは創作者としてとても誠実な態度だろう。そうした、いわば夾雑物《きょうざつぶつ》がエンターテインメントとしてのＳＦ小説に必要かどうかについては議論があるだろうが、少なくともこのシリーズに関していえば、そうした現実の苦さが含まれているからこそ、宇宙開発という共通の夢に向かって、プロフェッショナルとして協力し合う登場人物たちの姿に感動を覚えるのだろう。

　手前味噌で恐縮だが、筆者は以前『海外ＳＦハンドブック』で二〇〇〇年代のＳＦを総括した際、伝統的な娯楽ＳＦと女性・マイノリティ作家に代表される新世代のＳＦの価値観を架橋させることが英語圏ＳＦの今後の課題ではないかと考察した。その糸口となるのは非英語圏からのＳＦの影響ではないかと考えていたが、あるいはこの〈レディ・アストロノート〉シリーズなどもそうした可能性を秘めているのではないかと思わされる。

　なお、先ほどは黄金時代のＳＦと一括りにしてしまったが、現実の宇宙開発の裏に女性計算者たちの努力があったように、作中と同時代のＳＦで女性ＳＦ作家が活躍していたことも忘れてはなるまい。一例を挙げれば、ジュディス・メリルの“Daughters of Earth”（一九五二）やナオミ・ミッチソンの*Memoirs of a Spacewoman*（一九六二）などは女性宇宙飛行士を扱っているという点で本書の先駆作といえる。本書とこうした作品を比較してみるのも一興かもしれない。

シリーズの今後の展開についても触れておこう。二〇二〇年に刊行された長篇第三作***Relentless Moon***はエルマの物語をいったん離れ、彼女の同僚の女性宇宙飛行士ニコール・ウォーギンを主人公に据えている。火星探査船がちょうど旅程の半分を過ぎたころ、ニコールは古参パイロットのひとりとして後進の指導にあたりながら、定型化した月面との往復ミッションに倦《う》んでいた。そんな折、ロケットが打ち上げ直後に不具合を起こし、緊急爆破せざるをえなくなるという事件が発生する。表向きは事故として処理されたものの、ニコールはクレマンス本部長から極秘裏にサボタージュの可能性があることを知らされる。その後も不慮の事故・事件が相次いだことからＩＡＣにも捜査が入り、宇宙開発の現場は不穏な空気に包まれる。次に標的になるのは女性宇宙飛行士たちではないかという不安が漂うなか、ニコールは次なる月面ミッションのためブラジルの新ロケット発射場へと向かう。

これまでのシリーズ作品よりサスペンス色が濃くなっており、新たな楽しみ方ができそうだ。また『宇宙《そら》へ』の解説で堺三保氏が指摘されているとおり、このシリーズの時系列は緻密に組み立てられているため、本書と読み比べることで地球と探査船でそれぞれほんとうは何が起きていたかを掘り下げていくのも面白いだろう。こちらも早川書房から翻訳刊行が予定されているということである。カンザス州知事を夫に持ち、ある意味ではエルマ以上にしがらみに囚われたこのもうひとりの〈レディ・アストロノート〉の活躍が読める日を心待ちにしたい。

さらに、まだ未刊行だが二〇二二年には長篇第四作 *The Martian Contingency*（*The Derivative Base* から改題）の出版も予定されている。こちらは本書の直接の続篇で、最初の火星入植者たちの生活を描く作品だという。ブラッドベリへのオマージュとして出発した本シリーズだけに、いったいどのような火星の姿が描かれるのか今から期待が膨らむ。まだまだ続く〈レディ・アストロノート〉たちの活躍に、今後もご期待いただきたい。

訳者略歴　1956年生，1980年早稲田大学政治経済学部卒，英米文学翻訳家　訳書『宇宙（そら）へ』コワル，『アンドロメダ病原体—変異—』クライトン＆ウィルソン，『書架の探偵』ウルフ，『七王国の騎士』マーティン，『デューン 砂の惑星〔新訳版〕』ハーバート（以上早川書房刊）他多数

HM=Hayakawa Mystery
SF=Science Fiction
JA=Japanese Author
NV=Novel
NF=Nonfiction
FT=Fantasy

火星《かせい》へ
〔下〕

〈SF2332〉

二〇二一年七月二十日　印刷
二〇二一年七月二十五日　発行
（定価はカバーに表示してあります）

著者　メアリ・ロビネット・コワル
訳者　酒《さか》井《い》昭《あき》伸《のぶ》
発行者　早川浩
発行所　株式会社　早川書房
郵便番号　一〇一 - 〇〇四六
東京都千代田区神田多町二ノ二
電話　〇三 - 三二五二 - 三一一一
振替　〇〇一六〇 - 三 - 四七七九九
https://www.hayakawa-online.co.jp

乱丁・落丁本は小社制作部宛お送り下さい。
送料小社負担にてお取りかえいたします。

印刷・三松堂株式会社　製本・株式会社フォーネット社
Printed and bound in Japan
ISBN978-4-15-012332-1 C0197

本書は活字が大きく読みやすい〈トールサイズ〉です。